24세 **정신과영수증**

사고 싶고 살고 싶었던 날들의 기록

24세 정신과 영수증

글 정신 사진 사이이다 디자인 공민선

이야기장수

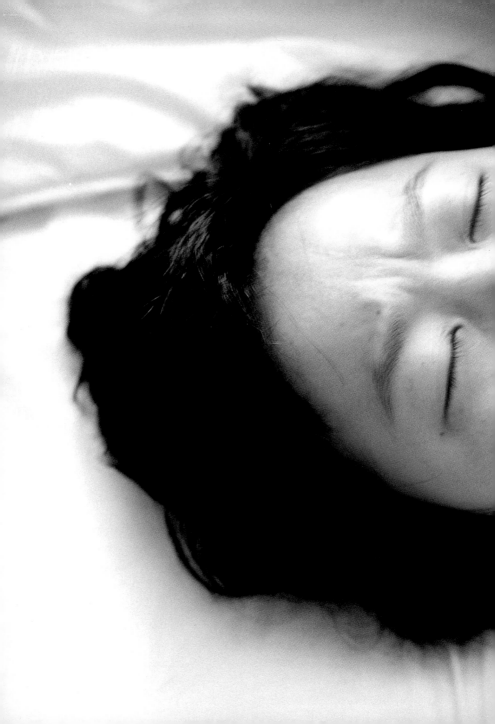

그녀는 60W의 전구와
아이보리 비누
두 명이서 마실 수 있는 포도주스를 삽니다

그리고 종이로 된 영수증을 받습니다

집으로 돌아온 그녀는
봉투에 담아온 것들을 제자리에 놓아주고

영수증을 꺼내어
시간과 가격, 장소 위에
자신의 기록을 더해갑니다
그것을 살 때의 기쁨과 슬픔
그날의 날씨
그리고 그곳에서 함께한 사람들과
들려오던 음악에 관하여

하루, 이틀
그녀가 잠을 자고 일어나면
이야기들은 생겨나고 다양해져갑니다

새 구두를 사면
저녁 약속을 자꾸 만들고 싶듯이
어제의 영수증이 시작점이 되어
오늘의 영수증을 하나 더 이끌어내기도 하지요

봄에는 운동을 시작하고
여름에는 선풍기의 날개를 바꿔주고
가을에는 길에서 자꾸 무엇을 사 먹고
겨울에는 한 번씩 비행기를 탑니다

이러한 행동 뒤에 우표처럼 따라붙는 영수증들로
어떤 날에는 하루에 세 개

어떤 날에는 아무것도 없는
그래서 세 번 쓰고 한 번 쉴 수 있는 글쓰기를 합니다

24세 서울에 사는 여자아이의 이야기

그렇지만
시간이 흘러 그녀가 30세가 되면
그녀는 어디에 살면서 어떤 이야기를 쓰게 될까요?

미래를 추측하기 위해 과거를 꺼내어 읽어봅니다

어머나
그녀의 공간이 소재를 던져주는군요
그녀가 파리에 살았을 때는
파리에서 만들어진 물건을 쓰고
파리의 지하철을 타고 다녔으니까요

그리고 또
그녀의 나이가 이야기를 만들어냅니다
앞으로
음

음음
그녀가 28세쯤에 사랑하는 사람을 만나고
30세쯤에 결혼을 준비한다면
그동안 가져왔던 것과는 또다른
영수증을 가지게 되겠지요
어머나 그녀가
31세에 아이를 가지게 된다면
그녀의 영수증들은 얼마나 호들갑스러워질까요?

이러한 상상을 하면서
그녀는 이 이야기를 계속 기록해보고 싶어졌습니다

정신과 영수증

이것은 그녀가 그동안 해온 다른 일들과 달리
자기 자신에 관한 일이었고
그래서 그녀에게 너무나 편안하고 잘 어울리는 일입니다

현재 그녀는 26세이고
그녀는

계속하고 있습니다

2003년 12월
정신 씀

차례

2003 정신의 말 04

김율원의 집

이지아의 집

사이이다의 집

SK Telecom

143-003 동서울 우편집중국 사서함 2

가입정보 확인요청서재중

본인이 꼭! 확인하시기 바랍니다.

김율원의 집
서울시 서초구 잠원동 25-18

서울시 서초구 잠원동 25-18
김율원 귀하   137-030

커피우유 2개 ⁰²⁰

친구 김율원의 집에
며칠 밤만 재워달라고
커피우유를 사가지고 간다

가서 펑펑 운다

2001년 1월 3일 오후 7시 15분
서울 커피우유 2개
900원
세븐일레븐

강남면옥 갈비찜 ⁰²²

잠을 푹 잤더니
손톱이 삶은 빨래처럼 하얘졌다
괜찮다
다 괜찮다

2001년 1월 4일 오후 5시 51분
갈비찜
25800원
강남면옥

서울에서 인천까지 고속버스 요금 ⁰²⁴

1999년 한 해 살던 집은

스물두 살 내 눈 속이 참 밝다고

강병진 사장님께서 투자해주신 광고대행사
주식회사 '안과'의 사옥이었다

그 집은 흰색이었다
흰색 세탁기와 흰색 냉장고 흰색 벽
밀가루처럼 차분했던 공간
광고주와 소비자의 시력을 조정하는 광고대행사라는 뜻의
'안과'라는 이름

내가 너무 좋아했던 것들과 함께 잘 지내고 싶었는데

1년도 못 가 그만두게 되었다
한 회사를 대표하는 무거운 자리에서
매일 잠만 잤으니
나의 잘못이다

그래서 율원이네 집으로 와서 펑펑 운 것이다

엄마는 아무것도 모르기 때문에
이불과 그릇, 운동화가 들어 있는 상자는 율원이네 집에 맡겨두고
밝은 눈을 가지고서 인천 집에 잠시 다니러 간다

길이 하얗다
길이 나의 집이었던 것일까

2001년 1월 10일
서울에서 인천까지 고속버스 요금
2600원
삼화고속

호빵 026

1983년
호빵은 100원
나와 동생은 여섯 살과 두 살
정용호 조인희 부부의 딸과 아들이었다

2001년
호빵은 500원
우리는
앗 뜨거운 스물네 살과 스무 살이다

내가 어디에 가기만 하면
"누나 빨리 와" 하며 울던 내 동생

오늘은 내가
주머니 안에 손을 넣고 동생을 기다리는데
따뜻한 주머니 안에
은색 동전 700원과 은색 껌종이가 나른하게 들어 있다
500원을 골라내어 호빵을 산다

동생이 뛰어오는 것이 보인다 점점 크게
커다란 동생이 내 앞에 왔다

"뜨거울 때 먹어"

동생의 손에 500원짜리 호빵이 전달되자
나의 손에는 200원과 껌종이가 남아

양팔저울의 두 손처럼 흔들흔들 사이좋은 남매가 되어
호빵을 나눠 먹으며
집을 향하여 점점 작게 걷는다

2001년 1월 10일 오후 12시 36분
호빵
500원
세븐일레븐

<나도 아내가 있었으면 좋겠다> ⁰²⁸

어제 사이이다가 말했다

"내가 누군가에게 사진을 가르쳐주고
그 사람이 정신에게 해금을 가르쳐줄 수 있다면
그건 정말 좋은 방법일 거야
사진은 현대적이야
그러니까 많은 사람들이 배우고 싶어할 거야
한번 찾아보자
이렇게 정신에게 해금을 배울 수 있게 해주고 싶어"

야아 고마워
정말 완벽한 트라이앵글이구나

하여 다음 카페와 몇몇 사이트를 찾아가 글을 올리고
오늘 사이이다와 만나기로 한 씨네플러스로 간다

"나도 아내가
두 장 주세요"

허걱
오늘부터 7천 원으로 영화값 인상!

주머니엔 12000원뿐인데
내가 쏜다 하였는데 어쩌나

2001년 1월 14일 오후 7시
<나도 아내가 있었으면 좋겠다> 영화 티켓 2장
14000원
씨네플러스 2관

011 핸드폰 사용 요금 3개월분 030

핸드폰이 요금 미납으로 정지된 동안에는
쓰레기통 바닥에 붙어버린 사탕
그 사탕에 붙어버린 머리카락처럼
쉽게 움직일 수 없었다

2001년 1월 18일 오후 4시 47분
011 핸드폰 사용 요금 3개월분
121620원
SK TELECOM

마티즈와 더블업 그리고 콜라 ⁰³²

답장이 왔다
이름은 노예리 스물두 살

한양대학교에서 해금을 전공하고 있고 수동카메라로 사진을 배우고 싶으며
무엇보다 나와 사이이다를 안다는 것이다
우리가 작년에 진행했던 케이블 TV 프로그램을 한창 좋아했었고
만나보고 싶었으니
서로 가르쳐주면서 친하게 지내고 싶다고 했다

나도 답장을 보내고 3일 후 크라제버거에서 만났다

선생님은
해금은 피아노처럼 '도레미' 만들어진 자리의 음을 짚어내는 것이 아니라
아무것도 표시되어 있지 않은 한 줄의 현 안에서
피아노의 '도'에 해당하는 '황'이라는 음을 찾아내는 것이라고 말했다

"어려워요"
라고 말했더니

"처음만 그렇지 하다보면 쉬워요"라면서
일단 구정 연휴 동안 듣기 연습부터 시작하는 게 좋겠다고
준비해온 CD 두 장을 나에게 주었다

참 좋은 인연이 시작되었다
곧 사이이다와 함께 만나기로 했다

셋이 만난다면
잔칫날에 만드는
엮는 순서가 있는 산적처럼

선생님의 나이 스물둘
사이이다의 나이 스물셋
그리고 나 스물넷

이렇게 나란하여 보기 좋을 것이다

2001년 1월 21일 오후 2시 28분
마티즈와 더블업 그리고 콜라
18700원
크라제버거

<ABROAD> 034

율원이네 집에서 지낸 지 한 달이 다 되어간다

아직도 엄마는 아무것도 모르신다
다 얘기하고
인천에 가서 엄마 아래에서 살까?
삼십 분 전에 일어났으나 계속 누워
비가 와서 켜놓은 형광등을 바라보면서

율원이가 물을 끓이면서 하는 얘기를 듣는다
드디어 돈을 다 모았으니 자긴 여름이 올 때까지 일본 여행을 다녀오겠다고
그래서 여름이 올 때까지 이 집을 나에게 빌려준다고 한다

물컵을 깨진 않을까 하수구를 막히게 하진 않을까
사람 마음이 누군가에게 집이나 필기노트를 빌려주기 쉽지 않은데

율원이는
내가 이 집에 처음 왔을 때부터
이 집에 들인 신제품 물건처럼 좋아하고 아껴주고 양보해주었다
'정말 고마워 친구야'

외출을 하였다가 돌아오면서 친구에게 주려고
일본 규슈 지방의 기사를 실은 매거진 <ABROAD> 한 권을 샀다

뜨거운 물을 부어놓은 컵라면을 기다리는 나무젓가락처럼
나란히 누워서
나는 얼굴에 오이팩을 하고 율원이는 <ABROAD> 를 본다

2001년 1월 27일 오후 9시 27분
1000원
<ABROAD>
세븐일레븐

랭보 괴테 홍성용의 책 036

떡볶이와 오뎅, 순대를 같이 먹듯이
세 권의 책을 사서 같이 읽으면
너무나 맛이 있다

2001년 2월 1일 오후 8시 39분
랭보 괴테 홍성용의 책
25700원
튜브

타일 038

자꾸 아빠에게 오빠라고 부른다
아빤 너무 오랜만이고
그 오랫동안 내 주위의 오빠들이 아빠같이 대해주어서일 것이다
아빠는 모래 포대를 어깨에 메고
나는 시멘트를 두 봉지 가벼이 들고
서로 출렁이면서 집으로 들고 와 물에 개어서
이 얘기 저 얘기들로
부엌 바닥에 타일을 붙인다

아빤
"다 좋은데 창문이 너무 커서 여자아이들 살기에 걱정이다"
(시멘트 스샥)
"그래, 그런데 이런 것"
(타일 찰싹)
"이런 것도 기술인데
아빠가 타일 붙이는 것 할 줄 아는지를 어떻게 알았느냐"고 물어보셨고

나는
"내가 아주 어릴 때
예전에 셋째, 넷째 이모들이 서산중학교에 다닐 때
아빠가 첫째 형부로서 이모들의 하숙집 벽에 시멘트를 바르고
페인트도 칠해주던 일을 기억해낸 거야"라고
대답을 한다

아빠 그 어렸을 적 일을 어떻게 다 기억해내냐고 웃으신다
부스럭부스럭

밭에서 캔 냉이인데 찌개에 넣어 먹으라고 주시고
같이 저녁을 먹으면 좋은데 갈 길이 멀다며
목장갑의 빨간 면들끼리 마주보게 짝지어주고 길을 나서는 아빠

아빠를 보내고
시멘트 삽을 닦아 주인집에 가져다드리고 와서
부엌 바닥을 다독이면서

떨어지지 마라
떨어져 살면 안 좋아

아빠 대신 있으라고 찰싹 붙여주고 가셨으니

굳게 굳게
내일 아침까지 단단히 잘 굳어서
우리 같이 잘살자

커다란 창문을 닫아두고
둘째 이모가 알아봐주신다는 손 없는 날에 이사오기로 하고
김율원의 집으로 간다

2001년 2월 10일
타일
51000원
이화타일

책상 주문 선금 ⁰⁴⁰

소유욕은 중력 때문에 발생하는 것이 아닐까?
지구가 우리를 붙잡아두려 하는 마음처럼

으헤헤
또 샀네 또 샀어
중력을 닮아가네

2001년 2월 12일
책상 주문 선금
50000원
현대 목공소

필립스 백열전구 ⁰⁴²

전구를 갈아끼우고
옆집에서 새우튀김을 하는 소리가 들려
문을 열어보니

아니라

비가 내리고 있었다

2001년 2월 14일 오후 9시 32분
필립스 백열전구
650원
킴스클럽

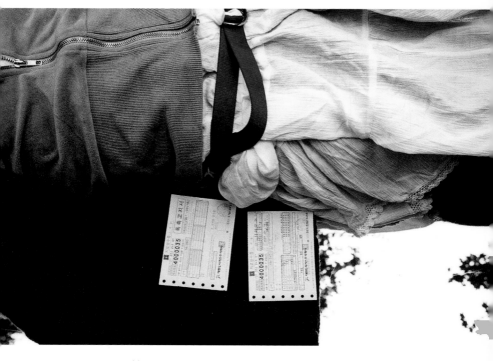

도시가스 요금 ⁰⁴⁴

스튜디오 앞에
오빠의 자동차가 있으면
오렌지주스를 사가고
자동차가 없으면
쥐포를 사가지고 놀러갔었다

오렌지주스 적중률 80%

머리 잘랐네 이쁘다
이런 말에 가슴이 두근두근

그러나 1년 만에
오렌지주스 적중률 30%

오빠의 자동차는 자주
봄에 처음 만났다는 여자친구를 만나러 가고 없었다

오늘 우연히 그 스튜디오 앞을 지나
은행으로 가는데
저쪽에서 오는 그 오빠의 자동차가 나를 스쳐간다

이젠 어깨를 넘은 나의 머리카락이 풍향계가 되어
자동차가 간 방향으로 불고 있었다

싫은데도 자꾸 그 방향으로만 가길래

울어버렸다

2001년 2월 15일
도시가스 요금
105630원
한국외환은행

2 LINGUINI MARI ⁰⁴⁶

몇 년 전 종열 오빠와 함께
시청 근처 건축물을 리모델링하는 프로젝트를 진행하면서
음식점 화장실 안에
주방 속의 굽고 자르는 소리와 요리사의 모습을
생방송으로 보고 들을 수 있는
TV를 설치하자고 제안했었다

손을 씻거나 오줌을 누러
화장실에 들렀을 때
음식이 만들어지는 것을 볼 수 있는 아이러니

우리는 들떠 있었고 건축주는 미쳤냐고 했다

이 생각은
다치지 않게 얼려둔다

생각은
춥고 조용한 데에서 잠을 자면서
시간이 흘러가는 것을 기다릴 것이다
세상이 달라지지 않는다면 절대 깨어나지 않겠지

현재 2001년 2월 20일 오후 8시
음식점 테이블 위에 설치된 TV에서는
스포츠 경기와 뮤직비디오만이 한창이지만

나는
저쪽 흡연석의 사람들이 피우는 담배의 길이가 짧아지는 것과
음식보다 먼저 나온 물잔 속 물의 높이가 낮아지는 것을 보며
시간이 흘러가고 있다는 것을 확인하고

따뜻한 수프와 빵, 그리고 고기를 먹는다

2001년 2월 20일 오후 7시 47분
2 LINGUINI MARI
33880원
T.G.I. FRIDAYS

이지아의 집
서울시 강남구 신사동 594

서울시 강남구 (압구정제1동)신사동
594번지

이지아 귀하   1 3 5 - 8 9 3

영 수 증

일련번호	— — —

공급받는자

주소	594-10 102호
성명		전화번호		㉘

작성년월일	2001년 2월 22일	담당자	

공급자

등록번호	211-14-78503	
상호	대한도시가스(주) 강남2지역관리소	성명 최 영 ㉘ 전화 543-0089
사업장주소	서울시 강남구 신사동 597-12	
업태 서비스	종목 기타 도급업	

구 분			단위	단가	수량	금 액
호스연결비 (2m이내 피팅포함)	일반	자재비	개소	3,500	1	3.500
		연결비	개소	5,000	1	5.000
	주름관	자재비	조	8,000		
		연결비	조	5,000		
휴즈콕크 (시공비)			개소	12,000 (5,600)	1	5.600
가스렌지개조(LPG→LNG)			구	2,000		
봉 인(호스철거 포함)			개소	1,500		
보일러 시공	주름관(3m)		개소	21,000		
	강 관 (4m)		개소	48,000		
출 장 비			회	4,000	1	4.000
					2	
합 계					10	18.100

연소기 모델	라디 126-105N	제조년도	
계량기 지침	14988 ㎥	계량기모델 기물번호	타입좌.우

※ 일반 피팅 1개 추가시 750원
※ 주름관 피팅 1개 추가시 1,700원

도시가스 연결 비용 ⁰⁵¹

이지아는 내가 여섯 살이고
나의 남동생 정경일이 두 살일 때
4월에 태어난 우리 이모의 딸

지아가 한양여자대학교 도예과에 입학하게 되었다
경사가 난 것이다

그녀의 이름으로 집을 사고
나의 이름으로 살림을 사서
같이 살게 되었다

2001년 2월 22일
도시가스 연결 비용
18100원
대한도시가스 주식회사

	접수처	고객지원실		전화번호	
속대리점	**강남영업팀**				설치예정일시
작 업 구 분	설치장소변경	신청접수일	20010222	신 청 ID	
고 객 번 호	11753570	신청서비스	두루넷서비스		
성 명 (상호)		주민(사업자)등록번호		770914-2	
설치장소 (주소)	(우) 135893 서울특별시 강남구 신사동 594				
연 락 처 1	(02) 3446 - 5050	연 락 처 2		(011) 349 - 4	
결 제 방 법	지로	납 입 자		납입자와의 관계	
우편물 수령방법	우편청구	수령지주소	(우) 135812 서울특별시 강남구 논현1동 6/10		
CATV시청/신청	시청 / 없음	설치 ID수/PC수	1 /	PC사양	
LAN카드소유/구매	있음 / 구매안함(자기보유)	LAN카드구매수	0	LAN카드모델	
설 치 업 체	한누리정보통신(주)	설치모뎀 No	0030EB 12E6DD	설치업체 연락처 설치작업자	

구 분	내 역	수 량	금 액		견적가또는 수정사항
가입장치비				원	
가입자망설치비	연립		20.000	원	
LAN카드	구매안함(자기보유)			원	
Cable Modem	임대일반		5.000	원	
합 게			20.000	원	고객지원실

TRUE INTERNET 두루넷

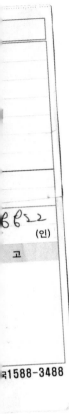

이사온 집에
두루넷을 설치해주겠다고
두 명의 남자들이 케이블선을 들고 왔다
그중 모뎀을 들고 온 한 명은
정말 멋이 있었다

리바이스 엔지니어드 진을 입고
직사각형 어깨에 하얀 면티셔츠를 입고 아디다스를 신고
당연히 얼굴도 잘생겼다

으아
떨려서 물 한잔 대접 못 했다

이런 기습공격을 준비하지 못하고
나는 잠이 덜 깬 채로 민방위 훈련에 나가는 사람처럼
후줄근한 차림이었다

2001년 2월 22일
두루넷 설치장소 변경
20000원
두루넷

공 급 자	사 업 자 등록번호	211-81-1146_			
	상 호	큼성남일 월커팸배(주)	성명	가영환	
	사 업 장 소 재 지	서울시 강남구 논현동 241-_			
	업 태	도·소매	종목	가정제품	

작성년월일	공급대가총액	비 고
2001 3.28	₩ 195. 000	

공 급 내 역

월일	품 목	수량	단가	공급대가(금액)
	대20또기×1			195.000
	합 계		₩	

부가가치세법규칙25조규정에 위금액을영수(청구)함

좀 수다스러운 세탁기와 냉장고
그리고 정열적인 가스레인지를
종로구 재활용센터에서
모두 30만 원을 주고 샀다
붙박이 옷장 문도 새 어금니가 난 자리인 듯
뽀얀 것으로 바꿔주었다

두루넷도 설치하고 부엌도 아빠와 수리했다
이 집에서 벌써 일주일이나 잤다 좋다

어제는 매트리스를 두 개 샀고
그 위에 팥죽색 캘빈클라인 침대 시트를 깔았다

오늘은 TV가 도착하려고 우리집의 위치를 묻는 전화가 걸려온다

2001년 2월 28일
LG TV CN-20F7X
195000원
LG전자 대리점

딸기 | 056

슈퍼마켓 앞에 활짝 핀 딸기들을 보았다
작은 상자 하나에
6천 원인데
"비싸요" 그러면 아줌마가 째려본다
으윽 무서워

밖에는 아빠의 자전거가 기다리고 있을 것 같다
빨리 타라고 엄마가 기다리신다고 하며
설탕을 뿌린 딸기와 토마토 도시락을
자전거 뒤에 태우고
도시락 위에
네 살짜리 나를 번쩍 태우고
엄마와 아직 이름도 없던 남동생이 있는
조산원으로 달려갈 것 같다

도착하면 1981년 6월 10일일 것이다

2001년 4월 3일 오후 10시 16분
딸기
6000원
21세기 마트

하늘이 너무 맑고 출렁거려서
점심을 먹고 택시를 타고 롯데월드로 갔다

빅 5를 사서
맨 마지막엔 자이로드롭을 탔다
하늘로 올라가니
구름이 크게 보이고 사람들은 작아졌다

올라가서
다른 사람들은
이 날씨 좋은 날에 무엇을 하는지
회사와 학교와 지하철
그리고 한강을 보았다

우리가 제일 즐거웠다
야호

2001년 5월 14일
BIG 5
22000원
롯데월드 어드벤처

스피아민트 ⁰⁵⁸

내가 어렸을 때
아빠가 씹는 껌에서는 캐스터네츠 소리가 났다

내가 그 소리를 가지고 싶어할 때마다

"어른이 되면 저절로 되는 거야"
하시면서

내 윙크 한 번에
캐스터네츠 소리 한 번을 들려주시던 아빠

또 해달라고 윙크해주면
또 그 소리를 만들어주시던 아빠

시간이 많이 흘러 나도 어른이 된 것을 알았다
어느새 나도 캐스터네츠를 가지게 되었으므로

2001년 5월 15일 오후 11시 27분
스피아민트
300원
LG25

존슨즈 베이비 스킨로션 ⁰⁵⁹

영미 언니는
남자친구가 생긴 이후로
밤마다 손에 로션을 듬뿍 바르고 잔다고 한다
정말 귀여운 언니이다

2001년 5월 18일 오전 1시 41분
존슨즈 베이비 스킨로션
5800원
미니스톱

이지체크　　　　　한국정보통신(

매 출 전 표
SALES SLIP

전표번호/BILL NO.	매입사 일련번호		단말기종구분

카드종류/CARD TYPE		거래종류	

회원번호/CARD NO.

유효기간/EXPIRY	거래일시/TRANS. DATE & TIME		매출취소시당초거래일

가맹점번호/MERCHANT NO.	금 액 AMOUNT	백	천	원
일반　할부/INSTALLMENT 개월	세 금 TAXES			
단말번호/TERMINAL ID	봉사료 TIPS			
매출전표매입사/AQUIRER	현금지급 CASHBACK			
품명/DESCRIPTION	합 계 TOTAL			

대표자/MASTER	승인번호/APPROVAL NO.

가맹점명/MERCHANT NAME	사업자등록번호 011 01 72006

가맹점주소/ADDRESS

문의전화/HELP DESK	알림/NOTICE

거래고유번호/REF NO	서명/SIGNATURE(처리응답코드)

※할부계약시는 할부계약서를 참조하십시오.　　(회 원 용)C

스트레이트 퍼머넌트 약 설명서엔
약을 머리에 바르고 십오 분 후에 머리를 감으면 된다고 쓰여 있었다
그래서 그렇게 하였는데

왜 이러지?

언니들이 그러는데
설명서에
십오 분이라고 쓰여 있기는 해도
조금 더 해야 한단다

거기에 쓰여 있는 대로
그대로 하는 사람이 어디 있냐고
막 웃는다

나는
믿음이 제일 중요한 줄 알았지

2001년 5월 20일 오후 1시 4분
코팅스트레이트 크림
6000원
나암화장품

세 븐 일 레 븐
(주) 코 리 아 세 븐
안구정호점 211-05-31428
서울시 강남구 신사동 595-6
박이수 TEL:3443-2613
"더 맛있어진 세븐 일레븐 삼각주먹김밥이
700원으로 가격인하!"

2001-05-21   20:02   점:10475

강남가정용10L쓰레기봉투
@140X20   W2,800
풀무원콩나물300G   W1,000

과세 매출   W0
부 가 세   W0
면세 매출   W3,800
합   계   W3,800
현   금   W5,000
거스름 돈   W1,200

POS:1-03   수량:021   NO.00001

강남 가정용 쓰레기봉투 062

이것과 저것이 친하지 않은데
쓰레기봉투가 한 장밖에 남지 않아
한곳에 다 담아야 했다

대충 보기에는 다 담을 수 있을 것 같았는데
이것과 저것이 서로를 밀어내어 결국에는
다 담을 수가 없게 됐다

그래서
쓰레기봉투를 사러 나왔다

그래 맞아
나도 초등학교 때 그애와 절대 짝이 되기 싫었지
맨날 짝 바꿔달라고 울었었지

그런데 졸업식날 알게 된 건데
그애가 나를 좋아했었대

쓰레기봉투를 사와서 두 봉투에
이것과 저것을 나눠 담으면서

이것이 저것을 좋아하는지
저것이 이것을 좋아하는지

혹시
이미 사귀고 있는 것은 아닌지 수사중이다

2001년 5월 21일 오후 8시 2분
강남 가정용 쓰레기봉투
2800원
세븐일레븐

보리스 에이프만 발레단

2001년 5월 27일
오후 6시 00분

B석 15,000
(문예진흥기금포함)

3층 5열 12번 15000 37926

3층 5열 12번 15000 37926

진보와 개혁의 상징
보리스 에이프만 발레단

가격 B석 15,000
(문예진흥기금포함)

2001년 5월 27일 오후 6시 00분
장소 : LG아트센터
주최 : LG아트센터
- 차이코프스키 (5.27~5.28)
- 레드 지젤 (5.29~5.31)
- 카라마조프가의 형제들 (6.1~6.2)
공연시작 10분전까지 입장하여 주십시오

LG Arts Center
Tel: (02)2005-0114

나와 내 친구를
새로 이사간 집에 초대하고
내가 일했던 가게에
초밥을 사다준 일
힘든 세상 꿋꿋이 견뎌내라고 거친 글씨로 적어준 편지
차에서 들었던
<MY FUNNY VALENTINE> 이 노래
지금은 무슨 말인지 다 알겠는데

그땐 스무 살이어서

예전에 오빠가 좋아했던 여자 이야기
모두 다 못 알아들었지

오빤 얼마나 답답했을까?

오늘도 나는
못 알아들었지

6시를 8시로 읽어
8시에 보리스 에이프만 발레단 공연을 보러 갔어
사람들은 6시 공연을 보고
더운 기운 안고
공연장을 나오고 있었어

나는 얼마나 답답해 울고 싶었어

2001년 5월 27일 오후 6시
보리스 에이프만 발레단 공연 3층 5열 12번
15000원
LG아트센터

영 수 증 (공급받는자용)

No. _____   귀하

공 급 자	사업자 등록번호	121-90-38949		
	상 호	박문정육점	성명	이민
	사업장 소재지	인천시남구숭의3동83번지13		
	업 태	소 매	종목	식 육

작성년월일	공급대가총액	비 고
2001·6·3·	₩ 35—	

위 금액을 정히 영수(청구)함.

월일	품 목	수량	단 가	공급대가(금액)
	한우족	1		35—
합	계			₩ 35,000

"엄마 나 왔어!"
하고 들어가니

가스레인지 위에서 식어가는 보리차가 말을 해주는데
엄마는 가까운 친구 집에 마실을 가신 것이라고
곧 돌아오실 거라고 한다
아마 멀리 가실 거였으면
플라스틱 주전자에 나를 따르고 냉장고에 넣어두고 가셨을 거라고

냉동실의 문을 열어서 엄마에게 드리기 위해 사온 것을 넣고
'엄마가 집으로 걸어오시는 것을 보자' 하며
창문 너머 동네를 내다본다

등뒤에서는

엄마가 돌아오시면 얼마나 반가워 꼭 안아주시겠냐고 시계들이 째깍거리고
엄마가 여름감기에 걸린 걸 어떻게 알고 이걸 사왔는지 모르겠다며
냉장고가 지지징징

2001년 6월 3일
소의 다리
35000원
박문정육점

파란 원피스 068

Club Med Club Med Club.

BINTAN
PT STRAITS CM VILLAGES
BOUTIQUE RECEIPT

PAYMENT : **CASH**

INVOICE NO : S15732
DATE : 21/06/2001
TIME : 21:06:56
OPERATOR : DANIELA SA

CLUBMED REF DESCRIPTION	QTY	PRICE	TOTAL	AMOUNT
050500790000 62902 B1 ROBE JEAN	1.00	418000.00	418000.00	418000.0

418,000.0

FOUR HUNDRED EIGHTEEN THOUSAND RP ONLY
REMARKS :

SIGNATURE

회사를 정리하고 나서의 나의 소원은
생과일주스를 갈아주는 섬에 가는 것이었다
이건 너무나 이상적인 것이기 때문에 상상하기만 했었다

그런데 지금 나는
섬에 와 있다

명진 언니의 일을 도와준 것이 계기가 되어서
언니와 오빠들의 여름휴가에 따라오게 된 것이다

여긴 너무 따뜻한 바람
그리고 가벼운 음식들이 있다
저녁을 먹고 배드민턴을 치고 수영장 근처에 앉아 있다

아직 불이 켜진 가게가 있어서 잠시 들렀는데
언니가 어깨끈이 가는 파란 원피스를 한 조각 사주었다

이제 엄마에게
"왜 난 언니랑 오빠가 없어!
빨랑 언니랑 오빠 낳아줘!"라고 떼쓰는 일은 없을 거야

2001년 6월 21일 오후 9시 6분
파란 원피스
418$
Club Med BINTAN

"남자친구가 좋아 내가 좋아"

"에이 오빠두
있지도 않은 남자친구한테 뭐 질투하고 그래요"

"그러니까 남자친구가 좋아 내가 좋아"

"아니 있지도 않은 남자친구랑
가족 같은 오빠랑
누가 더 좋겠어요?"

"하하
너 우리 할머니처럼 왜 그러냐
내가 꼬마였을 때 반찬 놓아주시면서
종열아
입에만 달구 살찌게 하는 소세지랑
입엔 쓰지만 키 크게 해주는 콩이랑
어느 게 더 좋으냐, 응?
이러시던 할머니처럼"

조금 전 인도네시아를 출발해서
싱가포르 창이 공항에 도착해서 우동을 한 그릇 먹고 쇼핑을 하는데

"지갑이 다 낡았던걸?
우리 커플지갑 하자"
하면서
종열 오빠는 연두색 나일론 지갑을 두 개 산다

"저만 사주시는 거예요? 정말 마음에 쏙 들어요" 으아 좋아

서울로 가는 비행기를 기다리면서
새로운 나일론 지갑에
주민등록증이랑 돈이랑 채워넣는데

"전번 지갑두 내가 줬잖아
넌 좋겠다 나를 만나서"
옆에 앉아서 궁시렁궁시렁
자기가 더 할머니 같으면서
"남자친구랑 나랑 누가 더 좋아"
원하는 대답이 나올 때까지 계속 묻는다

그런 옆에 앉아서
속으로는 꼬박꼬박 대답해주었다

2001년 6월 24일 오후 11시 36분
나일론 지갑
25.20$
Nike SIGAPORE

복숭아농장 072

정신
오전 10시 20분
"아림 오늘 점심에는 안 와?
나 또 외로워"

장아림
오전 10시 25분
"헤헤 왜 또 외로우세요
이따 갈게요 저 가면 반겨주세요"

정신
오전 10시 29분
"문정동 너네 아버지 건물을 팔아서 스크류바를 사다줘"

장아림
오전 10시 30분
"점심시간에 스크류바 사갖고 갈게요"

정신
오전 10시 31분
"오 자신 있나보네 꼭 건물 판 돈으로 사와야 해 안 그러면 땡"

문자메시지를 주고받으면서 한강대교를 넘어간다 아리랑
일정을 마치고 한강대교를 넘어오니 아라리요

건물이 안 팔렸기 때문에 스크류바는 사오지 못했다는
아림이의 편지

6층짜리 문정동 건물이
내놓는다고 그새 팔리는 것이 아니니
대신
아침 일찍 구입한
13층 건물을 비닐에 담아 들고 와
나를 기다렸으나 오지 않아

13층 건물을 남겨두고
오후 수업에 들어간다는 편지가 책상 위에 있었다
으와 맛있겠다
비닐을 열어

언니들이 먹고
8층 정도 남은 네모난 식빵건물에
땅콩잼을 두껍게 깔아 찬물이랑 복숭아농장이랑 같이 먹었다

2001년 7월 2일 오후 2시 17분
복숭아농장
1700원
미니스톱

이지체크 한국정보통신(주)

매 출 전 표
SALES SLIP

전표번호/BILL NO.	매입사 일련번호		단말기종구분

카드종류/CARD TYPE 거래종류

회원번호/CARD NO.

유효기간/EXPIRY	거래일시/TRANS. DATE & TIME	매출취소시당초거래일

가맹점번호/MERCHANT NO.	금 액 AMOUNT	백	천	원
일 반 / 할부/INSTALLMENT 개월	세 금 TAXES			
단말번호/TERMINAL ID. 408796	봉사료 TIPS			
매출전표매입사/AQUIRER	현금지급 CASHBACK			
품명/DESCRIPTION	합 계 TOTAL		2000	

대표자/MASTER
조성아

승인번호/APPROVAL NO.

가맹점명/MERCHANT NAME 사업자등록번호
조성아 부페 1층   211-02-99238

가맹점주소/ADDRESS
서울시 강남구 신사동 645-18

문의전화/HELP DESK	알림/NOTICE

거래고유번호/REF NO.	서명/SIGNATURE(처리응답코드)

(회원용)

커트 ⁰⁷⁵

낙지덮밥의 아래층에 사는 것처럼
맵고 뜨거운 날씨야
이렇게 투덜거리며
유진 언니와 조성아뷰티폼에 갔다

언니 먼저 서선생님께 자르는 걸
기다리고 자고 기다리고 송윤아 보고
자고 이나영 보고
그러다가
이제 나의 머리를 자르는데

서선생님의 가위와 빗이
머리 위로 사뿐히 내려앉아

쨱쨱
"오래 기다린 거
다 알아요"
하며

봄옷을 벗고 여름옷을 입는
백화점 마네킹이 받아들이는 머리처럼
시원한 커트 머리로 만들어주었다

2001년 7월 2일 오후 7시 2분
커트
20000원
조성아뷰티폼

그동안 내가 마신 코카콜라는 몇 병이나 될까?
초등학교 운동회 여섯 번과 소풍, 수학여행들을 다 더하면
그리고 영화관에서 마신 거랑 참이슬에 섞어 마신 거랑
다 더하면 100병은 넘겠지

이제부터
코카콜라를 마신 영수증을 다 모아서
다음번에 미국 비자를 재신청하러 갈 때에는
내가 이렇게 코카콜라를 많이 마셨으니
미국에 보내달라고 말해볼 것이다

미국은 왜 그렇게 나의 신분을 의심했을까?

2001년 7월 12일 오전 9시 27분
600원
코카콜라 250ml
세븐일레븐

코카콜라 076

세 븐 일 레 븐
(주)코리아세븐
압구정2호점 211-85-31428
서울시 강남구 신사동 595-6
박이수 TEL:3443-2613
"더 맛있어진 세븐일레븐 삼각주먹김밥이
700원으로 가격인하!"

2001-07-12   09:27   점:10475

코) 코카콜라250캔   W600

과세 매출   W545
부가세   W55
면세 매출   W0
합   계   W600
현   금   W1,000
거스름돈   W400

POS:2-08   수량:001   NO.00001

롯데쇼핑(주) 본점

LOTTE
104-81-26067 이 인 원
소공동1번지 TEL.752-2500

롯데 본점을 찾아주셔서 고맙습니다
롯데 정통 대바겐
07월06일부터 07월22일까지

인터넷쇼핑(http://lotte.shopping.co.kr)

1621081821 우피핸드백	1	183,000
20%	할인특매	-36,600

****
******* 크레디트 전표 (고객용) *******
****

타사   5211   1009   36366 17:45

합 계	146,400
부가세 면세 물품가액	0
부가세 과세 물품가액	133,091
부 가 세	13,309

합 계	**146,400**
쿠 폰	0
현 금	0
P P	0
상 품 권	**146,400**
청구액	

5886441001713019*00	유효기간	03/10
씨티카드	할부개월	00
승인번호 17453248		01/07/12

판매책임자: 김성락   TEL. 02)772-3112

이 영수증을 교환, 환불시
지참하시기 바랍니다.

상품코드앞 * 표시가 되어 있는
품목은 부가세 면세품목입니다

애기를 좋아하는 엄마는 셋째도 갖고 싶었는데
우리 둘을 잘 키우려고 포기했다고 한다

잘 키워진 나는
그런 생각이 든다
나의 삶이 엄마의 희생으로 채워진다는

엄마가 버시는 것보다
조금 더 쉽게 버는 나의 돈
그 돈의 조금을 엄마에게 드린다

이런 생각을 하며
에스컬레이터를 내려오는데
백화점 1층에

"나야 나
엄마의 핸드백이야" 하며
빨강 체크무늬 핸드백이 손짓을 한다

어머 정말 우리 엄마 거같이 생겼네

우리 식구같이 생겨
엄마가 포기했던 아기같이 생겨
그래서 그냥 두고 올 수 없었다

엄마는 정말 마음에 든다고 하신다
그래서 주말에만 들고 다니신단다

3년 전에 사드린 검은색 핸드백이 많이 닳아 있었다

2001년 7월 12일 오후 5시 45분
핸드백
146400원
롯데백화점

A8005278

JUST COMMUNICATION

MEGABOX CINEPLEX 교환, 환불은 상영시간전까지 가능합니다.

3관(B2)

21:35

슈렉
Shrek
2001-07-12   7,000원   O열 24번

극장명   Megabox Cineplex
등록번호   120 85 21877
관리 No.   013-317-761

6133177610182

(부가세 및 문예진흥기금 포함)

A8005279

JUST COMMUNICATION

MEGABOX CINEPLEX 교환, 환불은 상영시간전까지 가능합니다.

3관(B2)

21:35

슈렉
Shrek
2001-07-12   7,000원   O열 25번

극장명   Megabox Cineplex
등록번호   120 85 21877
관리 No.   013-317-761

0173177610202

(부가세 및 문예진흥기금 포함)

<슈렉>

혼자 살 때보다
지아랑 살면서 좋은 점은
밥 먹을 때
젓가락으로
두 장 집게 된 깻잎의

아래 잎을 붙잡아준다는 것이다

나를 붙잡아주는 지아와 함께

2001년 7월 12일 오후 9시 35분
<슈렉> 영화 티켓 2장
14000원
메가박스

어떤 장난기 많은 별들 셋이서

여름밤 이 공간 안에
물을 붓고 특별한 가루를 넣고
삼십 초를 기다려서
젤리 형태로 살포시 굳혀

그래서 지나가던 자동차도 굳어버리고
바람에 흔들리던 나무들도 굳어버리고
내가 살고 있는 집의 창문도 굳어버려 열리지 않고
나 또한 죽은듯 물에 빠진 듯 굳어버리고

그래서 그 별들 셋이서 숟가락을 들고
이 여름밤을 떠먹으면서
"맛있다 맛있어 어쩜 이렇게 맛있어"

하며 박수를 치고 샤랄라 노래를 부르다가도

세 숟가락이 넘어서고부터는
내가 콩밥에서 콩을 걸러내듯
투정을 부리며

"에잇 퉤퉤 왜 이렇게 여름밤엔 모기가 많이 섞인 거야" 하면서
다섯 숟가락이 넘어서부터는 그만 먹고 버리고 말 거야

이렇게 우리는
모기들의 도움을 받아
여름밤
저 장난기 많은 별들의

혹시 모를 공격에서 살아남은 것일 수도 있다는 상상을 해보지만

그래도 오늘밤은 너무한다 죽이고 싶다

2001년 7월 15일 오전 12시 20분
에프킬라 모기향
1300원
세븐일레븐

2001-07-15   00:20   점:10475

아인슈타인450G   W1,050
풀무원콩나물300G   W1,000
에프킬라모기향   W1,300

_____

과세 매출   W1,182
부 가 세   W118
면세 매출   W2,050
합   계   W3,350
현   금   W10,000
거스름돈   W6,650

POS:1-08   수량:003   재인쇄 2
                          NO.00001

에프킬라 모기향 083

그애에게
가는 순간
그 허둥지둥한 때에

버스나 지하철이 정거장이라면서
차곡차곡 지켜 서는 것을
문득문득 참아 서지 못해
택시를 타고 만다

2001년 7월 15일 오후 11시 31분
택시비
5800원
차량번호 35 바 1148

ESPRIT

CATS. 24-23 CHUNGMURO 1-GA

PG 1 EVENT 00051 08/02/01 17:30:52 MD9
POS 4 # 20018902MD9400051   10002

SKU   UNIT   NET T
CAT CLR SIZE   PRICE QTY   AMOUNT R
4892814744718   W95300 1   W76240 T
BLK 045 38   TAKE : 1

RESP :14-21-00300E1P

---------- METHOD OF PAYMENT ----------
TYPE   ACCOUNT   AMOUNT IN KRW
                               W100000
CASH

        TAKE MERCHANDISE   W95300
        DISCOUNT AMOUNT   W19060
        TOTAL VAT   W10
        TOTAL DUE   W76240
        AMOUNT TENDERED   W100000
        CHANGE DUE   W23760

        SALES PERSON :10005

thank you. please come again.
THANK YOU FOR SHOPPING AT ESPRIT

원피스 086   아무도 나를 예뻐해주지 않는 것 같아서
                  옷 한 벌을 샀다

                  2001년 8월 2일 오후 5시 30분
                  원피스
                  76240원
                  ESPRIT

스크류바 ⁰⁸⁷

더워서 잠이 안 온다
지금이라도 선풍기를 사야 하긴 하는데
이번달은 충동구매를 많이 하여
이제 남은 재산은 2천 원뿐이다

이 돈으로 스크류바를 다 사서
냉장고에 채워두고 아껴 먹으면서 더운 밤을 이겨내야지

2001년 8월 4일 오전 3시 10분
스크류바 4개
2000원
세븐일레븐

일 자	시 간	지 점	카 드 번 호
08/20/01	18:58	KR08031	끝 자 리 수 713019
			씨 티 카 드

이 체   ₩ 100,00
　　인 출 계 좌　　　　하 나 은 예 금　　계 좌 번 호　　끝 자 리 수 958
　　인 출 계 좌　　한 빛 은 행　　　　4611554110 2101
　　　　　　　　　　수 수 료　　　　　　　　　　　　　　　　₩
　　　　　　전 문 번 호　 538031528855

CITIBAⱢ

엄마에게 송금 088

밤 9시
〈뉴스데스크〉를 보시던 엄마는 두루마리 휴지를 베고 잠이 들었다
엄마의 자는 모습을 보고 있으면
반짝반짝 눈물이 난다
반짝 핀 눈물이 서럽게 떨어지기 전에
눈물을 담아두고
눈을 닫고 엄마 옆에서 잠을 잔다

눈을 뜨면
엄마는 벌써 일어나
글썽히 나를 보고 있다

점심을 먹고 나가
엄마의 통장에서 몰래 꺼내어 쓴 돈을 채운다

2001년 8월 20일 오후 6시 58분
엄마에게 송금
100000원
한국씨티은행

FamilyMart 강사중앙점
사업자등록번호:211 03 99725
서울 강남 신사 588 14
허인수 TEL:3443 7209

01002983 2001 09 03(월)REG1 01

| 농서 우롱차 | 1 | 600 |
| 깍기소 | 1 | 1,400 |

과세 물품가액	1,819
면세 물품가액	0
부 가 세	181
합계04	2,000
현 금	2,000
거스름돈	0
11담당	No 7248	18:21

상품앞 *표시가 되어있는
품목은 부가세면세품목입니다

몇 해 전에 웰콤^{welcomm}이라는 광고대행사와 같이
일할 기회를 가지면서
KTF의 이동통신 서비스
'드라마' 네이밍 작업을 한 적이 있다

손재익 실장님께서

"야! 정신아 그 이름 니가 만든 거라면서?
좋다 야!"

칭찬을 많이 해주시고
새로 만들
god의 영상집 이름을 만들어보라고 하셨다

그래서 만든 이름이
지오오디 북
좋은 책이라는 뜻으로 해석된다

good book
아효 듣기에도 보기에도 참 조으네
이 이름을 가지고 오늘 god를 만난다

그런데 어머나 손톱 밑이 까매서 창피하겠다 어머어머

손톱깎이를 사서
다섯 남자를 만날 일을 생각하면서
다섯 손가락 손톱을
또박또박 깎아주었다

2001년 9월 3일 오후 6시 21분
손톱깎이
1400원
훼미리마트

세 븐 일 레 븐

(주) 코 리 아 세 븐

압구정7호점 211-85-31428

서울시 강남구 신사동 595-6

박이수 TEL:3443-2613

"더 맛있어진 세븐일레븐 삼각주먹김밥이

700원으로 가격인하!"

2001-09-22   01:10   점:10475

하)바 초코렛디크   ₩2,500

과세 매출   ₩2,273
부 가 세   ₩227
면세 매출   ₩0
합   계   ₩2,500
현   금   ₩2,500

POS:2-04   수량:001   NO.00001

멀어진 때에는 책을 보고 서랍을 정리하고
아이스크림을 먹고

가까워진 때에는 매일 함께 술을 마셨다

어느 게 행복인지 잘 몰랐다

2001년 9월 22일 오전 1시 10분
하겐다즈 다크초코바
2500원
세븐일레븐

하겐다즈 다크초코바 ⁰⁹³

RECEIPT

스타벅 명동점
서울시 중구 충무로1가 24 2
대표:성시구 201 85 06850

Cov 1
2001.09.23 21:37

[00009374]

T Refresh Hot Tita	3,000	1	3,000
Caramel Frapp (gra	5,000	1	5,000

		8,000
Grand Total	+	8,000
Cash Payment	+	10,000
Payment	+	2,000
Change		

* 2001.09.23 21:39:07 *

카라멜 프라푸치노와 리프레시 티 094

인일여자고등학교 1학년 때에
나는 제물포고등학교의 그애를 좋아하여
그애만 보면

리트머스 용지가 된 내 얼굴은
분홍색 반응을 한다

우리가 자주 만나 서로의 얼굴을 보았으므로
그애는 내 마음도 보았을 텐데
항상 못 본 척이어서
분홍색 얼굴은 매일매일 눈물을 흘렸다

이렇게 분홍색 얼굴을 못 숨길 바엔 만나지 말아야지

7년이 지나 그앤 나에게 전화를 걸었다

나 서울 왔는데 너희 집에 갈게

그애는 보라색 소국을 가득 들고 왔다

나는 가득 꽃을 받았다
나의 분홍색 얼굴은 흐려졌다

벌써 스물네 살
우린 서로 이렇게 7년이 지난 나이를 가지고 있구나

따뜻한 커피를 마시면서

그애는 얘기를 하고
나는 얘기를 듣는다

나의 분홍색 얼굴을 무색하게 만들어주는
중화용액같이 자라난 그애가 고마웠다

2001년 9월 23일 오후 9시 39분
카라멜 프라푸치노와 리프레시 티
8000원
STARBUCKS

셰 븐 일 레 븐
(주) 코리아 셰븐
압구정1호점 211-85-31428
서울시 강남구 신사동 595-6
박이수 TEL:3443-2613
"더 맛있어진 셰븐일레븐 삼각주먹김밥이
700원으로 가격인하!"

2001-10-21   13:53   점:10475

서울우유500ML   ₩850

─────────────────────────────────
과세 매출   ₩0
부 가 세   ₩0
면세 매출   ₩850
합   계   ₩850
현   금   ₩1,000
거스름돈   ₩150

                              재인쇄 1
P0S:2-03   수량:001   NO.00001

"오빠
오빠의 집에 다녀오니까
매일매일
오빠의 집에 가고 싶어요
그래서 하얀 우유가 되어 매일 아침 오빠의 집에 가려고요
아침에 일어나서 문밖의 나를 집으로 데리고 가요"

"하하하 그래 좋아 고마워"

그때
그렇게 매일 아침
하얀 서울우유를 배달 보냈지
그러다가 밸런타인데이 날에는 초코우유를 보내려고
생각했었어

그렇지만 그 오빠
이젠 어디에 사는지도
우윳빛만큼 뿌옇지

오빠였는데
왜 결혼해서 아저씨가 되었어
미워미워
미워

2001년 10월 21일 오후 1시 53분
서울우유 500ml
850원
세븐일레븐

올리브약국
☎518-5350   211-85-30891[윤형종]
시울 강남구 신사동 580-5

《 영 수 증 》

담 당 자:강해미   영업일자:2001-10-23
거래번호:1003-0013   판매시간: 19:49:30

1)조제약 기타
500001   4,500   1   4,500

        소   계   4,500

성성을 다해 모시겠습니다

        합   계   4,500
        현   금   4,500

        거스름 돈   0

조제약 ⁰⁹⁹

접시 밑을 올려보아도
일기장을 열어보아도
아무데에도 없다

차가운 물에 손목을 담그고 생각중이다

누구에게 돈을 빌려주고 받지 못한 것이 있을까?

내일이 되면 기포가 방울방울 맺힌 물집이 생길 것이고
여름에 반팔을 입으면 상처가 훤히 다 보일 텐데

그러게
왜 술 취해서 라면을 끓이나
이렇게 손목에 와락 엎어버릴 걸
으휴
약국에서 말한 대로
내일은 꼭 병원에 가야 할 텐데 덧나지 않게 해야 할 텐데

나의 돈은 다 어디에 갔길래 찾을 수가 없을까?

2001년 10월 23일 오후 7시 49분
조제약
4500원
올리브약국

제일세방 올리브영 압구정점
☎518-8524   211-85-35052[손경식]
서울 강남구 신사동 580-5

《 영 수 증 》

담 당 자 : 이방은   영업일자 : 2001-10-24
거래번호 : 1002-0205   판매시간 : 21:39:30

1) 실크반창고린색1.0x330
110982   480   1   480
2) 가디안 거즈 3호
111327   480   2   960

        소   계   1,440

교환·반품·환불시 영수증을 꼭 지참하세요!
이용해 주셔서 감사합니다

        합   계   1,440
        현   금   5,000

        거스름 돈   3,560

엄마에게나 친구에게나

내가 병원에 가야 하는 이유로 돈을 빌리려 하니
눈물이 자꾸 나오고 손목이 아파서
그냥 굴러다니는 동전 몇 개를 모아서 약국에 다시 왔다

나의 돈은 다 어디에 갔길래 찾을 수가 없을까?

2001년 10월 24일 오후 9시 39분
반창고와 붕대
1440원
올리브약국

반창고와 붕대 0100

새벽에 집에 들어와 코드가 빠진 밥솥을 열어보니
하얀 밥이 차갑게 잠을 자고 있었다

깨지 않게
주걱으로 살짝 들어 접시에 담고
뜨거운 담요 같은
3분 카레를 덮어주었다

2001년 11월 3일 오전 1시 39분
3분 카레 매운맛, 약간매운맛
2600원
세븐일레븐

3분 카레 매운맛, 약간매운맛 0101

성동 행당 32-6 2281-8112
미스터피자한양대
김명곤 206-06-82922
날짜 '01.11.07   수요일

포테이토R   ₩13,900
토핑R   ₩1,000
뿔라   ₩1,500
소계   ₩16,400
현금   ₩16,400
담당자 1   NO.003894
시간 20:54   0000

노예리 선생님의 졸업연주회에 다녀왔다
연주복이 너무 예뻐서 깜짝 놀랐다 한복이 나아갈 길이 바로 이거였다
그리고 아쟁 소리에 깜짝 놀랐다 아주 좋았기 때문에 깜짝 놀랐다
그리고 다 같이 연주하는
거문고 소리에도 놀랐다
거문고는 독주보다 합주의 소리가 더 작게 들리는 것 같다 신기하다

우리 선생님은
해금을 하려고 태어난 사람처럼
자세가 예술이었다
매일 나보고 허리를 펴야 한다고
할 때마다
나도 나의 자세가 있는 건데
이렇게 속으로 우겼었는데
오늘 선생님의 연주 모습을 멀리서 보면서
핫
저거구나 생각했다

선생님에게 꽃을 주고
지아랑 저녁을 무얼 먹을까
맥도날드에 갈까 하다
밝은 데서 지갑을 보니

만 원짜리 한 장과 천 원짜리 네 장이 아니라
만 원짜리 한 장
그리고 오천 원짜리 한 장에 천 원짜리 세 장이어서
너무 좋아

미스터피자에 갔다
둘이서
피자 한 판을 다 먹었는데도 또 뭐가 먹고 싶어서

버스를 기다리면서 쥐포를 사 먹는데
쥐포를 굽는 아저씨의 손이
목장갑을 끼고 있어서 엄마 생각이 났다
엄마는 슈퍼마켓을 하면서
특히 과일을 닦을 때에
목장갑을 끼고 있었는데
겨울에
내가 학교에 다녀오면
그 장갑으로 반들반들 윤을 낸 사과를 한입 깨물고
"상처난 것이 젤 맛있는 거여" 하면서
나의 손에 주고는

그러고는 가게를 보라 하시고
생선을 구워서 밥을 차려주셨다

날씨가 추워지니
그 찬 사과 냄새가 찾아온다

2001년 11월 7일 오후 8시 54분
포테이토피자 치즈 토핑 추가
14900원
미스터피자

던 킨 도 너 츠
211-02-57897 압구정2호점
강남 신사 581-6 1층
TEL:3446-3606 설국환

        3Q   @700
    도너츠1   2,100
     휀시1   850
     휀시1   850
     수량   5
     현금   3,800
     16:13   40F
        0184 M 2001-11-09

도넛과 휀시류 0104

1999년 나의 친구 사이이다가
스물한 살이었을 때
스무 살부터 모은 돈으로 니콘 FM2 카메라를 사고

충무로 던킨 도너츠 창가에 앉아서
나에게 묻는다

"정신, 나 잘할 수 있을까?"

"그럼 잘할 수 있지 걱정 마"
그렇게
이렇게
스물셋이 될 때까지
계속할 수 있을 것을
미리 알고 있었던 가게 안의 도넛들은
다들

동그라미

글쎄라고 하는 세모난 것들은 팔려나가고 없었지

2001년 오늘 던킨 도너츠에 들러
시나몬과 바바리안 초코하니딥을 고르면서
며칠 후 수능시험을 준비하는 고3 수험생 같기만 한 여자아이 둘이서
창가에 시무룩하게 앉는 것을 보고
나는 저쪽에 두 개 남은 세모난 것들을 모두 산다

오 분 후

창가의 여자아이들이
환히 웃으면서
동그란 도넛을 먹고 커피를 마신다

이들도 우리처럼 잘할 수 있을 것이다

2001년 11월 9일 오후 4시 13분
도넛과 휀시류
3800원
던킨 도너츠

템포 레귤러 0106

이야기1

조금씩 반달이 보름달이 되어가고 있는 중인데
초승달에 시작하는 생리가
어젯밤 갑자기 시작되었다
나는 편의점도 먼데 어쩌지 하다가
여대에 다니는 지아가 학교 앞에서 받았다는
템포의 샘플을 보았다

언니들에게 템포를 쓰고 편하다는 말을 듣기도 했고
또 호기심 반에
템포를 사용해봤다

처음이라 사용이 쉽지는 않았지만
겁먹지 않는다면 그렇게 어려운 것도 아니었다
설명서에 쓰여 있는 대로
자연스럽게
질의 내부에 삽입하는 것이었는데
정말 편리했다

소금 성분이 들어간 치약을 쓰다가
민트 성분이 들어간 치약으로 바꾼 느낌

잠잘 때에도 편하고
내가 생리중인 것을 자꾸 잊어버린다
그리고
너무 깨끗하다
코피가 나면
탈지면을 코 안에 넣어 코피를 막아내는 것과 같은 원리이다

오늘 올리브영에 갔더니
템포 레귤러와 쥬니어가 있다
나는 양이 많은 편에 속하므로
레귤러를 샀다
아아 이렇게 늦게 템포가 좋은 것을 알다니
너무 후회스럽다

앞으로 상큼한 날들이 계속될 것이다
템포 레귤러, 클로즈업 그린
생리대와 치약을 새로운 제품으로 바꿨기 때문이다

2001년 11월 22일 오후 6시 8분
1) 템포 레귤러
7380원
CJ 올리브영

이야기2

나의 하얀 이를
친구들이 얼마나 부러워하였는데

며칠 전 해산물 스파게티를 잘못 먹고 나서는
앞니 두 개에 이상한 먹구름 같은 검은색 먼지가 붙어다닌다
그래서 오늘밤 치약을 새로이 사서
열심히 닦아보았으나 결국 실패
괜히 잇몸을 잘못 찔러 피가 나왔다

제일제당 올리브영 압구정점
☎518-8524   211-85-35052[손경식]
서울 강남구 신사동 580-5

《 영 수 증 》

담 당 자:이방은   영업일자:2001-11-22
거래번호:1002 0144   판매시간: 18:08:30

1)템포레귤러24P
110297   7,380   1   7,380
2)클로즈업그린180
110367   1,650   1   1,650

소   계   9,030

교환.반품.완불시 영수증을 꼭 지참하세요!
이용해 주서서 감사합니다

합   계   9,030
현   금   10,000

거스름 돈   970

나의 피는 붉고 A형이었다

A형인 여성은 정이 많아서 모든 이들에게 다정하다
또한 세심한 배려와 여성적인 아름다움으로
어떠한 남성한테도 잘 맞추어갈 수 있는 그런 사람이다 한편!
A형 여성은 상대방의 입장을 너무 생각해서 행동한다는 것이 단점이다
당신의 신중함을 좀 접고 감각적으로 사고하고 과감하게 행동해보도록 하라!

오늘 신문에서 읽은 A형 여성에 관한 글이다
과감하게 행동해보도록 하라구?

만약 이 치약 안에 A형 여성을 위해
치약을 쓰면 쓸수록 과감해지는 성분이 들어 있다면 어떨까?
아니야 치약은 우리 식구들 다 같이 쓰는 거니까
캔음료 중에
각각의 혈액형들에 대한 단점을 커버해주거나
장점을 키워주는 성분을 가진 음료수가 나온다면 어떨까?
I AM A
I AM B
I AM O
I AM AB
이렇게 네 가지 이름 호호 괜찮네

A형에 맞는 음식은
무 녹차 샐러드, 통두부 구이, 대구 콩나물찜, 콩나물 잡채, 감자 두붓국,
두부 양념구이, 콩나물 오색채, 연두부 냉채, 밀고기 브로콜리 덮밥,
두부 동그랑땡, 콩자반, 연두부 깨장 냉채, 열무 으깬두부 무침, 두부 케첩조림

그렇다면 내일 아침에는 두부 동그랑땡과 감자 두붓국을 해먹어야지

2001년 11월 22일 오후 6시 8분
2) 클로즈업 그린
1650원
CJ 올리브영

ALLOCATIONS FAMILIALE

MOTIF DE NON DISTRIBUTION

☐ Parti sans laisser d'adresse
☐ Décédé
☐ N'habite pas à l'adresse indiquée
☐ Voir nouvelle adresse au verso

EXPED

DESTI

En cas de changement définitif de domicile, pr
de renvoyer à l'expéditeur en indiquant la nouv
adresse dans le cadre au verso

사이이다의 집
41 RUE DU DISQUE TOUR CORTINA 75013 PARIS, FRANCE

€ R.F.

000,41

LA POSTE
NX002962

93 ROBIGNY CTC
07.01.02
SEINE ST DENIS

CAISSE D'ALLOCATIONS FAMILIALES
DE PARIS 3ème CENTRE DE GESTION
101 rue Nationale   75656 PARIS CEDEX 13

MME KIM YUN HEE
TOUR CORTINA
41 R DU DISQUE
75013 PARIS

홍콩 경유 파리 왕복요금 0112

2001년 12월 3일
알루미늄 비행기를 타고
파리에 있는 나의 친구
사이이다를 만나러 간다

그렇다면
1977년 9월 14일
나는 무엇을 타고
이 세상으로 온 것일까?

2001년 12월 3일
홍콩 경유 파리 왕복요금
791200원
CATHAY PACIFIC

노트 2권 0114

새벽에 드골 공항에 도착하여
사이이다의 집에서 조금만 자고 시내로 나왔다

낮고 넓은 시원한 도시
파리 시내로 나가서 강과 성당과 작은 집 공원을 지나

BHV 백화점에 들렀다

이곳에서
사이이다는 사진을 넣을 파일을 사고 나는 글을 쓸 노트 두 권을 산다

3층에서 파는 폭신한 이불이 덮고 싶고
5층에서 파는 따뜻한
조명을
옷장 안에 둥둥 띄워주고 싶은 마음을 다 더하면

245F+150F+92F=487F

그러나 비행기 값에 전 재산을 주어버린 나는
이 노트 두 권에 열심히 글을 써서
나의 글로써 가난에서 구조되고 난 다음
이불을 덮고 조명을 켜는 것이 순서인 것 같아
모두 덜어내고 노트만 남겼다

487F-245F-150F=92F

2001년 12월 4일 오후 2시 5분
노트 2권
92.00F
BHV

VIRGIN PULPE ROUGE ⁰¹¹⁶

오늘은 슈퍼마켓에 장을 보러 갔다

보라색 양파가 가득 쌓여 있고
이름도 모르는 생선들이 가득
물 종류만 해도 열 가지가 넘고
과일주스도 과즙 10%부터 100%까지 농도가 여러 개

버진레코드와 같은 로고의 음료수도 있다
빨강 과일 혼합주스
VIRGIN PULPE ROUGE

이런 것들에 관심이 가득한 나는
이 동네에 있는 모든 슈퍼마켓에 다 가보고 싶어졌다

외국 여행과 외국 생활은
마치 연애와 결혼처럼
서로 아주 다른 내용이었다

한 달 정도 이곳에서 생활할 생각을 하니 벌써부터
재봉틀같이 수다스럽게 드르륵
온 맘이 떨려온다

2001년 12월 5일 오후 6시 56분
VIRGIN PULPE ROUGE
9.38F
GEANT PARIS MASSENA

오렌지 카드 0118

오렌지색과 반짝거리는 은색
이 카드 한 장만 있으면 파리 근교의 버스와 지하철을
한 달 동안 이용할 수 있다

티켓을 산 기념으로
라 데팡스에 가기로 했다
그랑드 아르슈와
그 건축물에 설치된 흰 구름을 보기 위해서이다

지도를 펼쳐본다
1호선을 타고 가야겠다
도시가 아름다운 이유로 도시를 그린 지도도 아름다운 파리

지금 겨울방학을 맞이하여 유럽여행중인 지아와 혜현이도
여기로 오기로 했다

함께 즐거운 크리스마스를 보내야지!

영국에서 프랑스까지 잘 찾아올 수 있을까 걱정도 되지만
지도에 새겨진 말들을 따라
만나기로 약속한 플라스 디탈리 역으로 올 수 있을 것이다

2001년 12월 6일
Carte Orange
279.00F
Place d'itale METRO

바게트 ⁰¹²⁰

어렸을 때 우리와 따로 살았던 엄마는

가끔씩
새벽에

나를 만나러 멀리 서울에서 왔어
그동안에 하지 못한 밀린 얘기들 반쯤 하고
아침에 나를 학교에 데려다주시면서 엄마는

"천천히 기다릴 테니
수업 끝나고 다시 만나자" 하셨는데

내 마음은 참을 수 없이 급해지기만 했어

옆자리 아이의 손목시계 초침이
자꾸만 똑딱똑딱똑딱
엄마가 가버린 것은 아닐까 아닐까 아닐까
생각하게 했지

"오랜만에 서울에서 온 정신을 만났고
내가 어렸을 때 우리 엄마처럼
나를 학교에 데려다주니
기쁘기도 하고 슬프기도 해"

사이이다를 학교에 데려다주는데
뭉클하게 엉키는 그런 말을 한다

사이이다는 불어를 배우는 학교에 가고
나는 바게트와 물 한 병과 함께
학교 옆 노트르담 대성당과 퐁피두센터를 지난다

강가엔
고전 건축물들이 주르르 서 있다

건강하게 세월을 참아내어
이 건축물로부터 멀기만 한 나라와
멀기만 한 시대에서 온 나를 반겨주며

지난 역사를 모두 믿게 한다

2001년 12월 6일 오후 5시 19분
바게트
5.95F
S.O.G.E.S.T

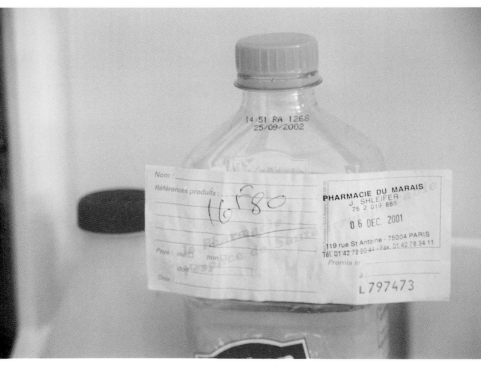

소독약 0122

사후 관리가 철저하고 시스템이 정착화되어 있어서
파리에서 피어싱을 하는 것은 아주 안전하다고 한다

사이이다는 말한다
"내가 배꼽을 뚫었을 때
나는 무서울 게 없었지
그러나 조금 있으니
혀를 뚫는 것이 무서워졌어

나의 무서움을 없애고 싶었어 그래서……"

상처는 잘 아물고 있었다

맞아 맞아

나는 학교 다닐 때
탈색한 아이들의 머리카락과
그 머리카락을 신경질적으로 휘저어대던
가정 선생님의 자주색 손톱이
서로를 이해할 수 있으면 좋을 텐데 생각했어

우리 모두
색깔에 관심이 있어서 그러는 건데 하면서 말이야

우리는
밥상에서
하얀 쌀밥도 먹고 빨간 김치도 먹고
초록색 국
까만 김을 먹으며
살아오면서
다양한 것을 원하게 되는 거였어

나는 사이이다의 도전과 성공을 축하해
상처를 위로해

2001년 12월 6일
소독약
16.80F
PHARMACIE DU MARAIS

신라면 ⁰¹²⁴

"지구는 둥그니까
자꾸 걸어나가면 온 세상 어린이들
다 만나고 오겠네
온 세상 어린이가 하하하하 웃으면"*

하하하하
역시 지구는 둥글다
이렇게 한국에서 프랑스까지 걸어온 신라면을 먹다니

2001년 12월 7일 오후 5시 29분
신라면
14.40F
ASIA STORE

*동요 〈앞으로〉

GEANT PARIS MASSENA
BIENVENUE DANS NOTRE MAGASIN

Caisse : 005   Date : 11/12/2001

VOTRE MAGASIN VOUS ACCUEILLE
DU LUNDI AU SAMEDI
DE 9H A 21H
TEL.: 01.42.16.64.00

BRIOCHE TRAN   10.63F
CROISSANTS   10.30F
MINI BEURRE   8.07F
CORNICHONS   12.33F
PERRIER 33CL   2.36F
PAP.HYG12RLX   8.20F
COURMAYEURX6   18.83F
CLEMENVILLA   16.92F
CLEMENVILLA   16.92F
EXQ.BROWNIES   24.14F
RAISIN 1L   3.94F

=TOTAL(11)   132.64F

= T O T A L EURO   20.22E
(1 EURO =   6.55957 Francs)

ESPECES FF   504.00F
** RENDU MONNAIE   -371.36F

Taux   TVA.   H.T.

1> 5.50   6.49   117.95
7>19.60   1.34   6.86

Caissier : 284 / Heure : 18:28:36
Numéro de Ticket : 000266

GEANT VOUS REMERCIE DE VOTRE VISITE
A BIENTOT

빵 한 봉지 0126

'오늘은 이만큼까지만 먹자
이거 다 먹으면 뚱땡이 코끼리 다리 되니까
나머지는 내일 아침에 먹자' 하고

의자를 딛고 올라가 높은 선반 위에 이만큼 남은 빵을 올려둔다

그렇지만
소용없는 일
샤워를 하고
의자를 딛고 올라가
높은 선반 위에 이만큼 남은 빵을 내려 온다

하하하 이럴 거였으면
그냥 식탁 위에 놓아둘걸
뭐하러 의자를 딛고 올라가 그 높은 곳에 두었을까

오늘 아침에도 우리는 세상에서 제일 맛있는 빵을 한 봉지 산다
두 봉지 사고 싶은 마음을 슈퍼마켓 선반 위에 올려두고서

2001년 12월 11일 오후 6시 28분
BRIOCHE TRAN
10.63F
GEANT PARIS MASSENA

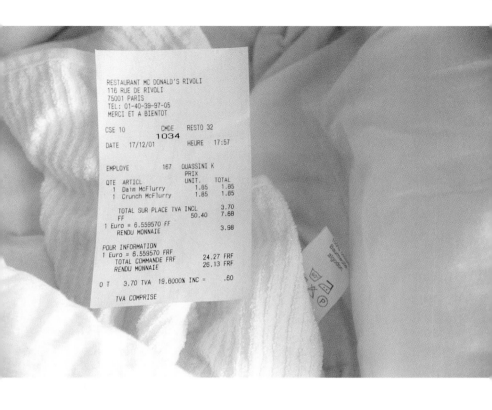

갑작스럽게 온 여행이라 두고 온 것들이 너무 많았다

그래서 우리는 다리 위에서 각자 생각나는
두고 온 남자들의 이름을
한 명씩 부르다가

두 명이 더 있어서
세 명을 부르고

분수대에 앉아서 맥플러리를 먹으며
구름과 그 이름을 맞추어본다

2001년 12월 17일 오후 5시 57분
DAIM McFlurry, Crunch McFlurry
24.27F
McDonald's

ENTRÉE ⁰¹³⁰

피카소 미술관에 왔다
더이상 나의 글로 그의 그림과 그의 공간을 방해할 수 없으니
그만 쓴다

그리고 느낀다
자유롭고 평화롭다 시대가 없다
진짜로 그만 쓴다

끝

2001년 12월 18일
ENTRÉE
34.00F
Musée National Picasso-Paris

크리스마스 선물 ⁰¹³²

나는 병이 났다
밥 한 공기도 다 못 먹고
누웠다가 일어났다가 다시 눕고

걸어오는 말에도 대답하지 않고
그 사람의 얼굴이 생각이 안 나는 병에 걸렸다

서울에 있는 친구들의 크리스마스 선물을 사러 간 그 가게에서
그 사람을 보았고
그리고 선물을 사고 가게를 나와서
집에 오는 동안
그 사람이 좋아지더니
휘청 어지러워졌다

참아보기로 했다
그러나 내일 또 생각이 나면 어떻게 하지?

오늘 산 것들을 다시 찬찬히 보고
영수증을 보는데

어머나 맨 아랫줄에 그 사람의 이름이 살고 있었다
그 사람의 이름은 엠마뉴엘이었다

3 PCE, EMMANUEL!

2001년 12월 19일 오후 6시 20분
ALBPHOTOPP 264
187.50F
無印良品 SAINT SULPICE A

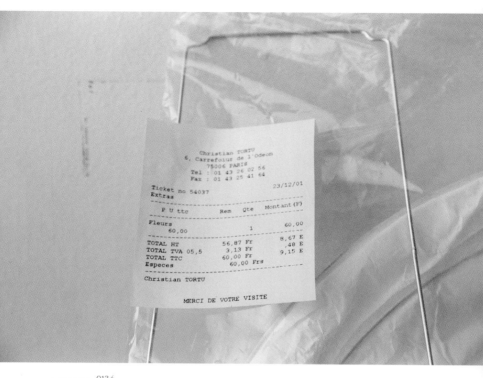

계속하여 그 사람 생각이 난다
다시 만나고 싶었다

이미 만나러 가는 지하철 안

어떻게 마음을 얘기하지?

꽃을 주면 그애가 내 마음을 알게 되지 않을까?
오데옹 역에서 내려
꽃을 사기 위해 친구들과 꽃집을 찾았다

바로
오른쪽 눈 옆에 귀 옆에 꽃집이 있었다
그 꽃집은 어제만 해도
아니 바로 전만 해도 지나가는 사람이었거나 나무였던 것이 변한 것처럼
갑작스러웠고 고마웠다

"저기 저 꽃을 포장해주세요
그냥 가느다란 철사로만 한 번 묶어주세요

그런데 이 꽃의 이름이 무엇인가요?"

꽃의 이름은 나르시스라고 했다

2001년 12월 23일
Narcisse
60.00F
Christian TORTU

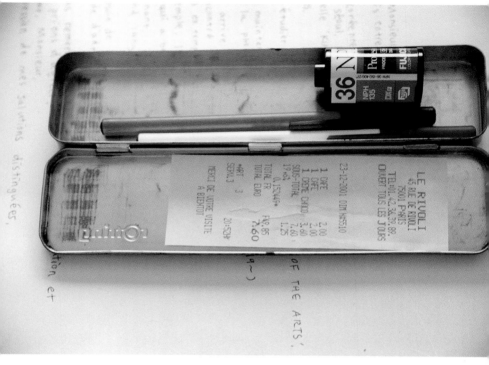

CAFE CAFE CAFE CHOCO ⁰¹³⁶

나르시스를 들고 무인양품 앞으로 갔다
가게 문을 닫을 시간인지 점원들이 바깥에 있는 자전거를 들여놓고
금고 안의 동전을 세고 있었다

"못 들어가겠어"

하며 그 앞에서 서성이는데
사이이다랑 미진이가

"어휴 답답해"

하며 먼저 들어가버렸고
밖에 남은 나는
어영부영 따라 들어왔는데

그런데 그 사람은 보이지가 않는다 어떻게 된 일까?

"저기, 엠마뉴엘을 찾는데요"

오늘 엠마뉴엘은 심한 감기에 걸려 출근을 못 했다고 했다
어머 이건 준비 못 했던 일인데, 어떻게 하지?

사이이다의 친구 미진이가
가방에서 볼펜을 꺼내고

급한 대로
크리넥스 티슈 한 장을 뽑아
그 위에 떨리는 편지를 썼다

"빨리 감기가 낫기를 바랍니다
크리스마스 잘 보내세요"
새해에는 나와 함께!

엠마뉴엘에게 꽃과 편지를 전해달라고 하고 가게를 나왔다

이렇게 내 마음을 전하고 나니 기분이 시원해진다
자꾸만 웃음이 난다

퐁네프 다리를 건너와서
카페 두 잔과 카페 초코 한 잔을 주문하고
동그란 테이블 위에 셋이 앉아 있다

내일은 크리스마스이브
뭐하고 놀까?

2001년 12월 23일
CAFE CAFE CAFE CHOCO
49.85F
LE RIVOLI

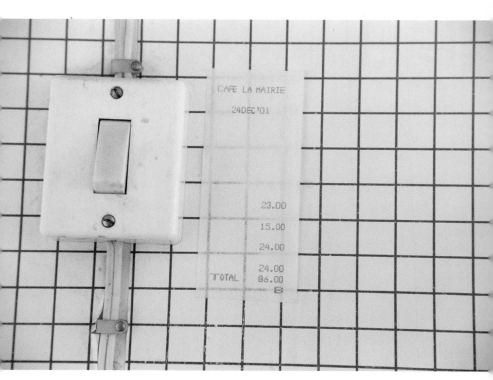

카푸치노, 에스프레소, 크랜베리주스 ⁰¹³⁸

오늘은 크리스마스이브이다

국경을 넘는 버스를 타고 영국에 가려는 계획이 있었으나
나에게 5000F이 넘는 버스 요금이 없어 모두 함께 파리에 남기로 했다

친구들에게 미안해서 괜히 우울해진 크리스마스
친구들은 오히려 기운 없는 나를 달래준다고
"우리 엠마뉴엘에게 전화해볼까?"라고 말했다

나는 너무너무 좋았지만
"오늘 크리스마스이브인데 가게문 닫지 않았을까?"라고 말한다

"아냐 오전에는 문을 열 거야"라고 말하는 사이이다

나는 커다란 기대 없이 무인양품 영수증을 찾아 무심히
영수증 아래에 적혀 있는 전화번호를 읽었고
사이이다는 벽에 붙어 있는 전화기의 전화번호를 꾹꾹 누르고
미진이는 수화기를 들고 있다

미진
"여보세요 엠마뉴엘을 부탁합니다"

무인양품 점원
"제가 엠마뉴엘입니다"

깜짝 놀란 미진, 벌떡 일어나며 금세 침착해지는 미진
"나는 정신의 친구 김미진입니다
어제 무인양품에 꽃을 두고 간……
꽃을 받으셨나요?"

엠마뉴엘
"안녕!
꽃 잘 받았어요 고맙습니다
나는 정신이 누구인지 알 것 같아요"

미진
"정말?"

엠마뉴엘
"물론!"

미진
"정신이 당신을 만나고 싶어해요"

정신
"야 그렇게 말하면 어뜨케!"

정신의 입을 막아버리는 미진
"오늘 만날 수 있을까요?"

엠마뉴엘
"좋습니다 오후에 만나도록 하죠"

어머 미진아 너무 고마워
나는 그렇게 못 하는데 넌 정말 마음속에 있는 말을 다 하는구나
잘했어 친구야
그래서 이렇게 행복한 약속이 생긴 것 같아
큐피드 미진 그리고 사이이다
우리 같이 약속 장소로 가자

크랜베리주스 사줄게

2001년 12월 24일
카푸치노, 에스프레소, 크랜베리주스
86.00F
CAFE LA MAIRIE

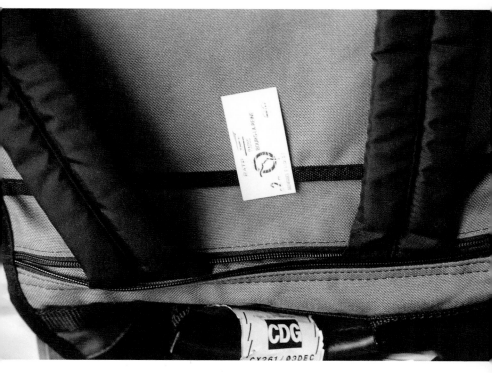

RER 급행열차 티켓 0142

엠마뉴엘과 만났다

미진이와 사이이다는 옆에서 계속 킥킥거리고
나는 너무 떨려서

자꾸 이마가 간지럽고
그다음에는 팔목이 간지럽고
무릎이 간지러웠다

내가 아무 말도 못 하니까
그는 차근차근 얘기를 꺼냈다

"여자에게서 꽃을 받은 적이 처음이다
깜짝 놀랐고 아주 많이 기쁘다
현재 여자친구가 없다
나의 나이는 21 years 5 months
현재 파리 대학에서 공부하고 있다
친구들과 크리스마스 휴가로 얼마 전에 암스테르담에 다녀왔고
그래서 오늘은 가족과 함께 보내려고 한다
오늘 시간이 괜찮으면 우리 가족 저녁식사에
너와 친구들을 초대하고 싶다
아버지는 페루분이시고 어머니는 프랑스분이시다
우리 부모님도 아주 궁금해하신다
나에게 꽃을 준 여자아이가 누군지에 대해서

우리집 저녁식사가 늦게 끝나면
사이이다의 집까지 너와 친구들을 데려다주겠다
정신, 네가 준 꽃에 대한 나의 응답이다"

이미 나의 눈 속엔
촘촘히 별사탕 다섯 개가 들어와 있었다

저녁 5시
RER*을 타고 엠마뉴엘의 집으로 간다

2001년 12월 24일
RER TICKET
8.00F
PARIS METRO

*파리와 교외 지역의 광역 급행철도

현금 인출 ⁰¹⁴⁴

중학교 때에 우리 반 반장은
자율학습 시간에 떠드는 사람을 적고
그 사람이 조용해지면 지워주고 또 떠들면
한숨을 깊이 쉬고 다시 적으면서
선생님께 받은
비매품 교사용 문제집을 열심히 풀어내는 것에 행복을 느끼는 아이였다

나는 그 시간에 엄마가 준 돈으로 산 문제집 위에 과자를 펴놓고
소리나지 않게 먹으면서
내 짝과 나누는 수다에 행복을 느끼는 아이였다

반장의 분필 소리가 들려 고개를 들면,
내 이름과 내 짝의 이름이 칠판에 적혀가고 있었지만
그래도 우리는
"쟨 마음이 약해서 또 지워줄 거야, 어디까지 말했지?"
이러면서 얘기를 계속해나갔다

어느 날 자율학습 시간에 내 짝이랑
"야 넌 내가 어떤 남자애와 사귀게 될까 진짜 궁금하지 않냐?
12시에 부엌칼을 입에 물고 화장실에 가서 거울을 보면
그 남자를 볼 수 있대 큭큭"
이런 얘기를 하면서 웃었는데

문제집을 풀다가 화가 잔뜩 난 반장이 나에게 이러는 거다

"야, 너네들 남자친구 될 애들은 지금 열심히 공부하고 있어!
너네 그애들한테 창피하지도 않아?"

"머라구? 웃기고 있네, 야 니가 어트케 알어!"

이러고 싶었지만 괜히 마음 약한 반장을 건드렸다가 쟤가 울기라도 하는 날엔
으윽 하면서 넘어가버렸다
그렇지만 늘 궁금했다
'내 남자친구가 될 아이는 1992년 5월에 정말로 열심히 공부했을까?' 하는 것이 말이다
너무나 궁금했지만 스물네 살
아니, 바로 얼마 전까지 한 번도 남자친구가 없었던 나는
오늘 드디어

나의 남자친구 엠마뉴엘에게 슬쩍 물어볼 수 있게 된다
"너는 열다섯 살에 무엇을 했니?"
그때에 그는 가족들과 그리고 친구들과 함께 많은 나라를 여행했다고 말한다

남자친구와 나
오늘도 우리는 많은 얘기를 나눈다
그애는 학교에서 있었던 일부터 앞으로 나와 함께하고 싶은 일들을 얘기하고
그리고 나를 안아주면서
내가 한국에 돌아가지 않았으면 좋겠다고
내가 다른 남자를 만나게 될까봐 슬프다고 말한다

"난 한국 남자들에게 디게 인기가 없었어
좋아한다고 말하면 다 도망가서 다른 여자를 만났어 진짜야
그리고 나도 너를 많이 좋아하니까 걱정 마
그렇지 않으면 내가 왜 너에게 꽃을 주었겠니?"

현금 인출 ⁰¹⁴⁶

현금 인출 [0146]

엠마뉴엘의 집에 초대받았던 크리스마스날이 생각났다

어머니는 아시아에서 온 우리들을 위해 태국식 해산물볶음밥을 준비해주셨다
집에는 유난히 그림이 많이 걸려 있었는데,
모두 젊은 시절 화가였던 엠마뉴엘의 아버님 작품이었다
우리가 그 그림을 좋아하니까 오래전 작품까지 꺼내와서 보여주셨던 파파
살구색 별들이 가득 들어오는 부엌 식탁에 둘러앉아서
와인과 맥주를 취향에 맞게 마시면서
아프리카 민요와 함께

엠마뉴엘과 아버지, 어머니 그리고 나, 사이이다, 미진
이렇게 여섯이서
메리 크리스마스 메리 크리스마스 메리 크리스마스를 전해주었다
그때 '나는 참 행복하구나'라는 생각을 했다

시간 속에 있었기 때문에
시간이 흐르게 되면 오늘이 얼마나 그리워질까 하는 생각에
반짝반짝 눈물이 날 것 같았던
스물네 살 크리스마스이브

나에게 즐거운 크리스마스를 선물해준 엠마뉴엘에게
오늘 나도 무엇을 선물해주고 싶어진다
"내가 오늘 저녁에 맛있는 거 만들어줄게
은행에 들렀다가 슈퍼마켓에 가자"

시간이 흐르고 나면 오늘이 얼마나 그리워질까

2001년 12월 27일 오후 2시 41분
현금 인출
200.00F
CREDIT LYONNAIS

CATHAY PACIFIC

NAME
JUNG/KYUNGAMS

FROM
DE GAULLE PARIS

TO
HONG KONG

FLIGHT	CLASS	DATE	BOARDING NO.
CX260	Y	31DEC0203	

GATE	BOARDING TIME	SEAT	SMOKE
41	1230	56A	NO

홍콩 경유 서울-파리 왕복요금 0148

"어휴 너무 어려 보이셔서 실수할 뻔했어요
많이 돼봐야 한 스무 살 정도로 보았죠"

나의 고등학교 때 선생님을 많이 닮은 옆자리 아저씨는
스튜어디스에게서 건네받은 주스 한 모금 후에
"서울 도착하시면 스물다섯 되시겠어요 한창 좋을 때예요"

나는
"네"라고 대답을 하고 어색한 순간을 이기지 못해
사과주스를 마시면서 창문 밖 구름을 본다
구름은 오래전 기억의 모양으로 흩어지는데

1994년 인천 인일여자고등학교 조회 시간
골덴바지 무릎에 붙어 있던 하얀 밥풀을 떼어내시던 선생님은

"그만 좀 웃으라
하긴, 너희 나이엔 굴러가는 낙엽만 보아도 웃음이 나제?
그라모, 이 밥풀이 낙엽인갑네!"

저녁에 난롯불을 끄고 집에 갈 때엔 이렇게 말씀하셨다

"이제 시험이 얼마 안 남았으니
느그들 괜히 새 문제집 사들이지 말고
있는 거 다 풀고 다 푼 사람들은
또 보기라
공부 못하는 아아들이 새 문제집 사는 기라"

인천공항에 도착하여
비행기 밖으로 나가는 길에

나는 선생님의 말씀을 다시 떠올리며

프삭프삭 웃으며

나의 친구, 나의 일, 사랑 그리고 어려운 문제들
다시 잘 보고 풀어내야지
새로 살 것 없어

스물다섯 살 쪽으로 출렁출렁 걸어나간다

2001년 12월 31일 오후 12시 30분
홍콩 경유 서울-파리 왕복요금
791200원
CATHAY PACIFIC

등장인물

정경일
2001년 1월 10일 세븐일레븐

정신의 남동생이다
어렸을 때에는 누나의 말도 참 잘 듣고
누나가 가는 곳은 어디든지 따라다니더니

커서는 길에서 누나와 손을 잡고 걷는 것도 싫어하며
누나에게 오빠처럼 구는 무뚝뚝한 대한민국 남자이다

"누나는 말야, 뚱뚱한 것은 아닌데 좀 부은 것 같아"
라고 거침없이 말한다
"누나는 죽고 싶은 적이 없었어? 음, 그래도 죽지 말아"
라는 얘기를 해주고 군대에 간다

어렸을 때 돈을 많이 버는 사람이
돈을 적게 버는 사람에게 나눠주자는 약속을 하였다

그래서 현재 정신은
군대 간 정경일의 카드값을 쪼끔 머리 아파하다
기쁘게 갚아주고 있다

백종열

2001년 2월 20일 T.G.I. FRIDAYS

정신에게 코끼리 전기밥솥도 사주고 넓고 하얀 접시도 사주고
두 달 치 도시가스 요금도 내주고
해금도 사주고 지갑도 사주고 밥도 아주 많이
술도 아주 많이 사준다
그리고 무엇을 잘못하면 눈물이 쏙 빠지도록 혼낸다
삶을 가르쳐주고 삶을 도와준다

이지아

2001년 2월 22일 집

춘천에서 고등학교를 다니다가 국가고시 자격증 덕에
대학을 철썩 붙어 서울로 온다
한양여대 도예과 1학년
이때 그녀의 나이 19세 사촌언니 정신과 만난다
이때부터 그녀에게 고생길이 열린다
그 시작은
정신이 돈도 없으면서
눈만 높아서 시도한 나무 바닥 인테리어 때문이었다
전기 커터로 시멘트 바닥에 못을 깊이 박아
한겨울에 보일러가 터지고 바닥에서 물이 솟아오르는 사건 발생!
이미 목재 구입비와 장비 구입비로
그리고
공사 뒤풀이 비용으로 돈을 다 써버린 그 다음날 알게 된 일이었다

그후 겨울 내내 찬 바닥에서 전기장판에 의존하여 살게 하고
찬물로 샤워를 하게 만들며
"이모한테 절대 얘기하지 말자, 응?"

이렇게 스스로 내린 결정을 따르게 한다

그렇지만 모든 일에서
"알았어 언니"
이 말뿐인 착한 그녀
정신의 술주정까지 다 들어주고
술 먹고 넘어져 깨진 정신의 얼굴에 약도 발라주는 천사

정신에게 따뜻한 가족이 되어준다

김영미
2001년 5월 18일 미니스톱

책상 위에 노영심의 노래 〈아침에〉 가사를 따서 이렇게 적어놓는다
아침이에요 당신을 생각하면 언제나 아침이에요
사이이다를 만나면
"빗 어딨어? 언니가 머리 빗어줄게
이것 봐 머리 빗으니까 얼마나 이쁘니"라며
헝클어진 머리를 빗고 다니라는 충고를 아끼지 않는다
정신을 만나면
"겨울에도 꼭 선크림을 바르고 다녀야 한다!"
"한때는 언니도 백옥 같은 피부였단다"라고 말한다

교회를 열심히 다닌다
머리를 곱게 빗고 항상 선크림을 바르고

남자친구가 생겼다고 손에 로션을 듬뿍 바르는 진정한 여자

장아림
2001년 7월 2일 미니스톱

아버지에게 문정동 건물이 한 채 있다
건물이 하나 있을 정도면 부자 아닌가?
부잣집 딸에게 정신은 가끔 조른다
"뭐? 부잣집 딸이 돈이 왜 없어!
그러면 니네 아버지 건물을 팔아서 스크류바를 사다줘!"

그런데 그래봤자다

"아버지 거지, 제 건가요!"

결국 장아림은 아버지 돈이 아닌 자기 돈으로
가끔 정신과 이지아가 사는 집에
치즈 케이크나 녹차 아이스크림을 사온다
밤을 많이 새우고 낮에 자면서
그리고 까다로운 클라이언트에게 시달리며 잠수를 타면서
그렇게 힘들게 웹디자인 일을 하여 번 돈으로 말이다

자전거를 타고 온다
흐릿한 소년을 좋아한다

아버지의 건물 가격에 관심을 갖지 않는 베풀 장씨 가족의 둘째 딸

조인희
2001년 7월 12일 롯데백화점

참 예쁜 이름을 가지고 계신 정신의 어머니
정신이 제일 존경하는 사람
부엌에서 부르는 노래
"정 주지 않으리라 정 주지 않으리라
사랑보다 깊은 정은 두 번 다시 주지 않으리"*

KBS〈아침마당〉을 보고 나서 하루의 일과가 시작되며
'술 못 마시는 사람들은 무슨 낙으로 세상을 살까?'
하는 궁금증을 가지고 있다

나에게 "진짜로 중요한 일이니까 집으로 연락해라 이만 끊는다"
라는 메시지를 남기신다

그래서 정신이 전화를 하면
어머니는

"그래, 배 말이다 한 상자에 3만 원짜리를 살까 4만 원짜리를 살까?"
나에게 자꾸 각인시키는 것 "돈이 최고다 적금을 들어라 빨리!"
원하는 사윗감 강호동 스타일

얌전한을 얌잔한이라고 발음한다
신랑을 실랑이라고 발음한다

"우리집께에 얌잔한 애가 하나 있거든?
옛날에 실랑이 죽고 지금은 딸 하나가 있는데……"
이렇게 발음한다

현재 놀으니께 좋기는 하지만 직장이 없어서 심란하다

*김승덕 노래 〈정 주지 않으리〉

사이이다
2001년 11월 9일 던킨 도너츠

사이이다는 그림을 그리거나 사진을 찍으면
정신에게 제일 먼저 보여준다

그리고 물어본다

"정신 생각은 어때?"

처음 만난 날부터 지금까지
정신과 항상 얘기하는 영혼의 친구

EMMANUEL
2001년 12월 19일 무인양품

파리에서 동양문화를 전공하는
스물두 살의 남자아이
무인양품의 손님이었던 정신에게 꽃을 받고 행복해하며
너의 남자친구가 되고 싶다고 말한다

그리고 정신이 파리를 떠난 후
2003년 4월 16일
1년 동안 열심히 일한 돈으로
비행기표를 사서 서울에 오는데……

2015

2015년 겨울
그녀는 38세가 되었습니다
그리고 어느 날 메일을 받게 됩니다

출판사의 영업부로 『정신과 영수증』을 찾는 전화가 많이 왔다고 합니다
우리 출판사에 그런 책이 있었나 찾아보니 12년 전의 일이었고
궁금하여 검색을 해보니 놀랍게도 인스타그램에 태그를
#정신과영수증
많이도 했다네요

12년 전 책이 지금도 사랑받는 것을 보고
재출간하고 싶다는 메일이었습니다

사실 제 마음속으로 생각하던 것이 있었습니다
2080년쯤의 세상에서
24세의 소녀가 이 책을 보면서
이 작가를 만나보고 싶다 할 때
이 작가는 세상을 떠나버렸을 생각을 했습니다
세상을 떠나버렸는데도 세상 사람과 연결되다니 행복한 인생입니다

그것뿐이었어요
그런데 살아 있는 동안 또 만나게 되다니
펼쳐 읽어주시고 다시 이 세상에 나오게 해주신
모든 분들께 감사드립니다

출판사에서 온 메일을 읽었을 때 마침 사이이다와 함께 있었습니다
나난에게도 이 소식을 알렸고
이 책을 디자인해준 공민선 언니에게는 집 근처로 찾아가서 알렸습니다

여전히 가까이에서 웃고 떠들고 변함이 없는
여전한 우리에게 감사했습니다

12년 전의 사진과 디자인은 지금 보기에도
담백하여 손댈 것이 하나도 없었습니다
오래전의 수고를
글 사진 디자인 그대로를 인쇄소에 전송합니다

다시 읽어보니 24세의 저는 말랑합니다
그렇지만 어느 날에는 기운이 없네요
찾아가서 말해주고 싶습니다
잘 지낸다고요

책 앞부분을 보니
30세에는 결혼을 할 줄 알았나봅니다
그러나 30대에는 사랑과 이별을 하며 마음이 커졌어요
다음 책은 『정신과 신혼 영수증』『정신과 육아 영수증』을 쓰고 싶습니다

소설가 최인호 선생님이 월간 〈샘터〉에 연재하셨던
『가족』이라는 산문집을 좋아합니다
저와 한집에서 살아가게 될 사람도
그 집을 읽는 독자들도 웃겨드리고 싶습니다

그러니 나타나주세요

매일 아침에 일어나면 거울을 보면서
잘살아가고 있는지를 봅니다

시인 다니카와 슌타로의 「시인」이라는 시처럼
아침이 아니어도 시인이 아니어도
거울이 있으면 반드시 들여다봅니다*

생겨난 그대로 살아가기를 바랍니다
생겨나게 해주신 하느님 감사합니다

*시인 다니카와 슌타로의 시 「시인」 중에서 "시인은 거울이 있으면 반드시 들여다봅니다"를 인용

2015 축사

1997년에 만나
2015년에도 만나고 있다니
어린 시절의 바람이 이루어져 있습니다.

2001년에 함께 작업했고
2004년에 출판된『정신과 영수증』이
2015년 재출간된다는 소식을 듣습니다.

저자와 독자가 함께 만든 이야기라고 생각합니다.

『정신과 영수증』의 저자와 독자에게
2015년 12월 3일 오전 11시에 기록한 정신의 모습을
사진 축사로 보냅니다.

사진가 / 사이이다

정신에게

『정신과 영수증』 재출간 진심으로 축하해.
살다보니 우리가 예측하지 못한 선물 같은 일들이 생겨나는구나.
이 선물에 감사하며
아래와 같이 여러 개의 축사를 전합니다.

1.
글에서 환시, 환청, 환각이 읽힌다.

2.
정신은 내가 아는 여자 중에 가장 웃긴 여자이거나, 가장 희한한 여자이다.

3.
나는 그림을 그리는 사람이다.
정신의 글을 읽으면 머릿속에서 그림이 그려진다.

당신도
이 책을 읽고 노래 가사를 쓰고 싶거나 다큐멘터리를 찍고 싶거나
월요일 출근이 견딜 수 있게 되거나
말없는 학생들의 마음이 읽고 싶어질지도 모르겠다.

4.
TV도 있고 편의점도 있고 택시도 있는 시대에 사는
백석 시인의 글 같다고 개인적으로 생각하고 있다.

화가 / 나난

스무 살의 정경아가

어느 날 스스로에게 정신이라는 이름을 지어주고
자신의 젊은 날을 담은 책을 들고 찾아왔다.

십여 년이 흘러
다시 『정신과 영수증』을 꺼내
20대의 정경아, 정신을 만난다.
그때의 젊음을 만난다.

그녀의 반짝거림을 맛본다.
따뜻한 맛을 즐긴다.

그리고 그 마음을 안주 삼아
그녀와 술 한잔 마신다.

그녀를 기다린다.
마흔 살의 『정신과 영수증』을 기다린다.

크리에이티브 디렉터 / 장명진

나는 정신을 2004년에 처음 만났다. 민선 언니의 소개로 나간 자리였다.
난생처음 보는 종류의 한 작은 애가 시작부터 영롱한 무엇이었다. 완전히 달랐다.

아홉 살에도 열네 살에도 스물셋에도 내가 찾던 사람.
그 나이엔 어디에 살았느냐고 처음 만난 자리에서 실제로 그런 질문을 막 해댔었다.
글리세린을 섞은 듯 쉽게 증발하지 않는 정신의 이야기들은
뒤틀어져 엉거주춤 힘겨운 숨을 내쉬던 나를 촉촉히 펴주었다.

그날부터 오늘까지 십이 년이 흘렀다. 서수남 하청일같이 사이좋게 쏘다녔다.
이제 나는 정말 더 찾지 않는다.
어떤 해는 정신을 한 번도 못 보고 지나가도
정신을 모르던 시덥잖은 날들에 비하면
아름답다.

『정신과 영수증』의 재출간을 축하하며

방송인 / 홍진경

2025

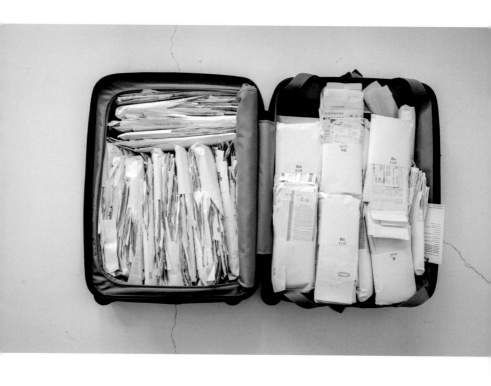

2025년 가을
그녀는 48세가 되었습니다

지난 시간들이 잘 지내고 있는지
궁금하여
영수증을 꺼냈습니다

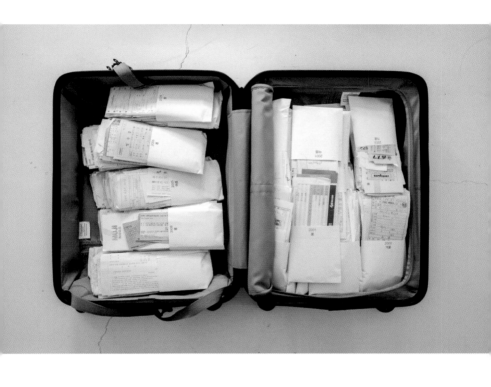

2001년부터 2025년까지
2만 5천 장의 영수증이 모여 있습니다

집어들어
날짜와 시간을
무엇을 샀는지를 읽어줍니다

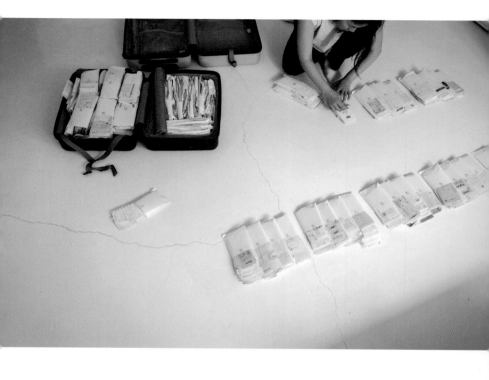

읽고 나니
쓰고 싶다는 생각이 들었습니다

2001년부터 2025년까지
어느 해에 대해서 쓸까
생각하며 며칠이 흘렀습니다

2017년
40세의 이야기를 쓰자 하고
몇 달간 쓰며 봅니다

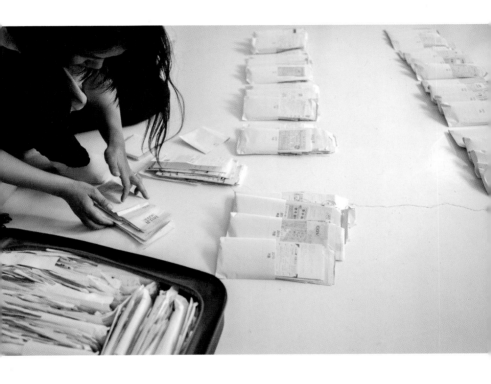

이야기를 세상에 내보낼
이야기장수를 만납니다

『40세 정신과 영수증』을 출간하며
『24세 정신과 영수증』도 개정판을 내자는 출판사의 의견을 듣고 보니
이 책들은 둘이면서 하나였습니다

2025년 48세의 이야기도 써서 그 뒤에 세워주며
셋이면서 하나의 책이 되고 싶어집니다

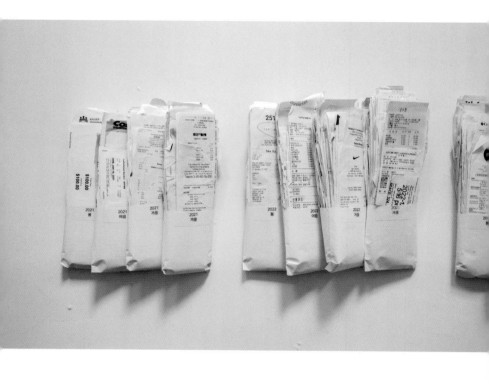

그리고 시간이 더 지나
2032년이 되어
『55세 정신과 영수증』이

2047년이 되어
『70세 정신과 영수증』이 세상에 나와

다섯이면서
하나인 책이 되어 있을 상상을 합니다

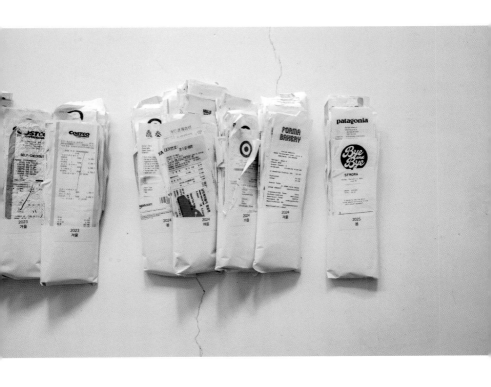

생각이 미래로 갈수록 과거에
그 처음에 고마움을 느낍니다

그 처음 『24세
정신과 영수증』을
읽어주셔서 고맙습니다

사고 싶고 살고 싶었던 날들의 기록

24세 정신과 영수증

ⓒ정신·사이이다·공민선 2025

1판 1쇄 2025년 4월 28일
1판 2쇄 2025년 5월 12일

지은이 정신 사진 사이이다 북디자인 공민선

기획·책임편집 이연실 편집 이자영 염현숙
마케팅 김도윤 최민경
브랜딩 함유지 박민재 이송이 김희숙 박다솔 조다현 김하연 이준희 복다은
저작권 박지영 주은수 오서영
제작 강신은 김동욱 이순호 제작처 천광인쇄

펴낸곳 (주)이야기장수
펴낸이 이연실
출판등록 2024년 4월 9일 제2024-000061호
주소 10881 경기도 파주시 회동길 455-3 3층
문의전화 031-8071-8681(마케팅) 031-8071-8684(편집)
팩스 031-955-8855
전자우편 pro@munhak.com
인스타그램 @promunhak

ISBN 979-11-94184-17-1 03810